www.tredition.de

AF204425

Dr. Jan Friedrich Franke

Vri Il

die Kraft von drüben

www.tredition.de

Verlag und Druck: tredition GmbH, Grindelallee
188, 20144 Hamburg

ISBN
Paperback: 978-3-7439-2184-9
e-Book: 978-3-7439-2185-6

-0- Prolog

Am Anfang war Nichts. Und in diesem Nichts war Amun. Und Amun sprach: „Es bilde sich ein großes Wasser" und es ward ein großes Wasser. Und er sprach: „Es erhebe sich Land aus dem Wasser" und es erhob sich ein Hügel aus dem Wasser aus festem Land, der Urhügel. Und er sprach: „Es scheine ein Licht am Himmel" und es gab den ersten Sonnenaufgang im Osten. Im Westen ging die Sonne unter und fuhr auf dem unterirdischen Fluss in ihrer Barke wieder zurück nach Osten.

Mit seiner Gemahlin zeugte Amun drei Kinder, seine beiden Söhne Osiris und Seth sowie seine Tochter Isis. Osiris gab er den kleineren Teil des Landes zum Verwalten, das fruchtbare Land links und rechts des Nils. Seth bekam den größeren Teil, die Wüste. Seth war eifersüchtig auf seinen Bruder Osiris, hatte der doch den schöneren und wertvolleren Teil des Landes bekommen. Also tötete er ihn, zerteilte seinen Körper und warf die Teile in den Nil.

Isis breitete ihre Schwingen aus und suchte die Ufer des Nils nach den Teilen ihres Bruders Osiris ab. Sie sammelte die Teile ein, nähte sie zusammen und wickelte den Körper in Binden. So stand Osiris von den Toten wieder auf und bewacht seither den Eingang in das Totenreich. Seth aber wurde verbannt. Aus Seth wurde Sethos, Satan und Shaitan.

Wer also nach dem Tod weiterleben will braucht dafür einen intakten Körper. Das lernten die Ägypter daraus. Deshalb ließen sich die, die es sich leisten konnten nach ihrem Tot mumifizieren. Begraben wurden sie in Nachbildungen des Urhügels, den Pyramiden, bis der Urhügel nahe Theben auf der Westseite des Nils gefunden wurde. Ein Gipfel in der Form einer Pyramide an dessen Fuß sich ein verzweigtes Tal befand. In die Felswände dieses Tales wurden seither die Gräber der Mächtigen gegraben.

Und es war unerträglich heiß als ich aus dem Bus stieg und mich auf den Weg zum Kartenschalter im Tal der Könige machte. Ein Spiesrutenlauf durch eine schier unendlich lange Einkaufspassage in der sich jeder Händler in den Weg stellte und versuchte mir einen Skarabäus, nachgemachte Figuren von Bastet oder anderen ägyptischen Göttern, Ansichtskarten, Mützen, Tücher, Wasser, Kola oder was auch immer zu verkaufen. „Laa shukran" also „Nein danke" funktionierte auch nicht mehr so gut, wie es noch vor ein paar Jahren war. Die Händler ließen nicht ab. Stures Ignorieren und den Schritt beschleunigen war anscheinend das einzige was mich hier retten konnte. Endlich durch. Nur noch ein kurzer Weg zum Eingangsgebäude, wo auch eine gut funktionierende Klimaanlage versuchte mich zum Bleiben zu überreden, anstatt mir die Gewalttour durch das Tal und die stickigen Gräber in glühender Hitze anzutun.

Aber was soll's, schließlich will ich ja was sehen. Die Eintrittskarte in der Hand setzte ich mich auf den Wagen einer Eisenbahnsimulation, die mich mit einigen wenigen anderen Touristen weiter in das Tal hinein brachte. Die Sicherheitskontrolle fiel ziemlich schlampig aus, aber in Zeiten des Terrorismus besser als gar keine Sicherheit.

Mein erster Weg führte mich zu Tut Ench Amun's Grab. Eigentlich ein ziemlich langweiliges Grab. Die Texte aus dem Totenbuch fallen ziemlich kurz aus, aber wer kann schon Hieroglyphen lesen, da ist das eigentlich auch ziemlich egal. In der Grabkammer haben sich die Künstler wenig Mühe gegeben. Riesige Figuren wurden an die Wand gekleistert um schnell fertig zu werden. Na ja,

Tuti ist ja auch nicht alt geworden, da war nicht viel Zeit. Eigentlich hatte ich eher gehofft, dass man schon in die neu entdeckten Kammern kann, aber da war noch gar nichts zu sehen. Japanische Forscher hatten wohl vor einiger Zeit mit so was ähnlichem wie Ultraschall-untersuchungen zwei weitere Kammern entdeckt, die von der Grabkammer weggehen, deren Eingänge aber so gut über-pinselt wurden, dass man da gar nichts sieht. Die Forscher rätseln seither, ob da noch jemand drin liegt und wenn, dann wer. Der heißeste Tipp ist wohl, das Tut's Mutter Nofretete da beerdigt wurde, was ich aber für äußerst unwahrscheinlich halte, denn für Frauen gab es einen extra Friedhof, das Tal der Königinnen. Ich denk´ ja eher, dass Tuti, obwohl er die alten Götter wieder einsetzte, doch ein braver Sohn war und seinen Vater Amenophis V, also Echnaton, hier würdig begraben hat. Echnaton war der Ketzerkönig, der Amun und seine Verwandtschaft abschaffte und den Eingottglauben einführte. Ich kann mir gut vorstellen, dass der nach seinem Tot keine guten Karten bei den Priestern hatte, weshalb die seinen Körper sicherlich gerne zerstört hätten. Falls Tut Ench Amun ein braver Sohn war hat er seinen Vater mumifizieren lassen, im Tal der Könige begraben und das Grab gut versteckt, damit kein Priester und kein Grabräuber heran kommt. Könnte doch sein, dass das die beiden Kammern sind, aber das wird die Zukunft zeigen.

In den anderen Gräbern, die ich noch besuchte war das Fotografieren genauso verboten wie im restlichen Tal der Könige um die empfindlichen Farben vor Blitzlicht zu schützen, und um den einheimischen Wächtern die Gelegenheit zu geben Touristen für fünf Euro dieses Verbot übergehen zu lassen und von den Touristen mit deren eingeschmuggelten Kameras Gruppenfotos vor antiken Schriftkolonnen zu machen.

Nach ungefähr drei Stunden war ich von der Sonne ausgetrocknet, meine Wasservorräte waren erschöpft, im Gesicht machte sich ein Sonnenbrand breit – ich hätte mich doch eincremen sollen – die Beine taten weh und ich hatte die Nase gestrichen voll, und zwar voll Staub. Die Eisenbahn-Simulation brachte mich wieder zurück zum Ausgang, wo ich mir am ersten Stand eine große Flasche Kola kaufte. Die kam zwar aus einem Kühlschrank, verleitete mich aber dennoch zu der Frage ob der Verkäufer außer Kola noch andere warme Getränke hätte. Nach dem erneuten Spießrutenlauf auf dem Rückweg fand ich auch schnell meinen Bus und setzte mich hinein um die Klimaanlage und die Kola auf mich einwirken zu lassen.

Zurück im Hotel Al Hambra, ein wunderschönes kleines Hotel am Westufer des Nils, nicht weit von der Fähre entfernt und trotzdem gut in einem Einheimischenviertel versteckt, fiel ich in einen tiefen, aber unruhigen Schlaf. Die Frage nach Echnaton beschäftigte mich sogar noch im Traum. Und das soll Urlaub sein? Was finden die in den verschlossenen Kammern? Wenn das wirklich Echnatons Grab ist, was verraten die Hieroglyphen, die an den Wänden zu finden sein werden, über ihn. Wie hat er gelebt? Wie kam ihm die Erkenntnis, dass es nur einen Gott gibt? Liegen da vielleicht auch noch Schriftrollen, oder haben antike Grabräuber das schon alles geplündert? Haben sich vielleicht moderne Grabräuber aus Curna schon von einer anderen Seite aus durchgegraben und alles rausgeholt, was nicht niet- und nagelfest war? Dann wäre aber schon lange irgendwo ein Artefakt aufgetaucht.

Nach zwei Stunden Alptraum wachte ich schweißgebadet auf und steuerte desorientiert die Dusche an. Danach ging es mir einigermaßen gut und ich konnte zum Essen in ein Dachrestaurant an der Hauptstraße. Der Blick über den

Nil war bei der nun einsetzenden Dämmerung fantastisch. Der Luxortempel erstrahlte in der vollen Pracht seiner gelblichen, elektrischen Beleuchtung und rundete das Bild malerisch ab. Der Ruf des Muezzin unterbrach meine Tagträumerei um mich gleich in eine andere Phantasie zu stürzen. Einfach dasitzen, auf sich einwirken lassen, Ruhe und Frieden empfinden, das war großartig. Teuer war das viertel Hähnchen nicht. Aber als Franke hat man es im Ausland schwer. Nirgendwo kann man so gut essen wie bei uns. Natürlich war das Essen in Ägypten auch gut, aber es einem verwöhnten fränkischen Mäulchen recht zu machen hat noch kein Außerfränkischer geschafft. Bevor ich hierher geflogen bin gab es noch einen fränkischen Sauerbraten mit dieser dicken Soße, die ihren unnachahmlichen Geschmack einem Soßenlebkuchen verdankte. Ein nicht näher identifizierbares Gewürz verlieh dem Ganzen einen nahezu weihnachtlichen Geschmack. Reinlegen und sich wohl fühlen. Dazu noch ein fantastischer Serviertenkloß, nicht diese bayerischen Semmelknödel in Form eines Tennisballs und mit der Konsistenz eines Winterreifens von Michelin, also möglichst lange haltbar, sondern ein weicher, fluffig-lockerer Serviettenkloß mit vielen Röstzwiebeln und nicht zu wenig Eiern darin, der goldgelb, wie ein Kuchenstück aus dem Kloß herausgeschnitten, auf dem Teller darauf wartete mit der Sauerbratensoße übergossen zu werden. Das Blaukraut, oder für die außerfränkischen Leser der Rotkohl, wartete in einer Ecke des Tellers darauf den Geschmack abzurunden, während ich mich wieder einmal fragte, ob das Rindfleisch wirklich sein muss. Auch das Blaukraut ist zwar eine nette und gut passende Zugabe, aber bei Sauerbraten reicht eigentlich „Kloß und Soß".

Nach dem Essen ging ich zurück ins Hotel um mich für den Abend umzuziehen. Um neun musste ich am Tempel von Karnak sein. Die Lichtshow dort ist einfach einmalig. Die konnte ich mir nicht entgehen lassen. Und auf deutsch war sie nur Mittwochs, Samstags und Sonntags, also war heute für mich die einzige Gelegenheit da hin zu gehen.

Ein Verwandter des Besitzers vom Al Hambra Hotel fuhr mich über die weit entfernte, aber einzige Brücke hinüber auf die Ostseite des Nils. Ich hätte auch mit der Fähre fahren können, aber dann hätte ich ein Taxi oder eine Kalesche gebraucht um zum Karnaktempel zu kommen und auf diese ewigen und für einen Mitteleuropäer lästigen und unerträglichen Diskussionen hatte ich einfach keine Lust. Die Eintrittskarte war schnell gekauft. 100 ägyptische Pfund erschienen mir für die Show auch nicht zu teuer.

Ein lauter Gongschlag hallte vom ersten Pylon der Tempelanlage über das kleine Häufchen deutscher Touristen hinweg. Vor diesem Eingang muss es gewesen sein, das sich im letzten Jahr ein paar Terroristen mit den Sicherheitskräften eine Schießerei geliefert haben. Islamischer Staat – mir schwillt der Hals. Wie können nur Menschen behaupten im Namen Gottes zu töten. Die diskreditieren ihre eigene Religion. Die Sphingenallee war indirekt beleuchtet und eine wohlklingende Stimme begrüßte die Pilger am Ende ihrer Reise. „Ihr seid angekommen" ließ sich die Stimme vernehmen und lud uns ein den Tempel zu betreten. Über Jahrhunderte hinweg baute jeder Pharao etwas zu diesem Tempel dazu, als Opfergabe an Amun, dessen kleiner Schrein im Hintergrund der überwältigenden Säulenhalle in schwachem, rötlichem Licht leuchtete. Die Statue von Amun wurde täglich von den Priestern aus dem Schrein genommen und mit Musik, Tänzen, duftenden Ölen und Salben unterhalten um den Gott gnädig zu stimmen. Vorbei an der hämmernden Geräuschkulisse sich unterhaltender altägyptischer Steinmetze ging es zur Tribüne am heiligen See.

Die sinkenden Touristenzahlen machen den Ägyptern richtig zu schaffen. War es zunächst die Revolution die Besucher fernhielt sind jetzt mehr die terroristischen Aktivitäten fehlgeleiteter religiöser Fanatiker dafür verantwortlich zu machen. Da müsste doch eigentlich ein Poolboy aus einem der unterbesetzten Hotels mal die Zeit finden mit seinem Netz die Algen aus dem heiligen See zu fischen.

Nofretete wollte Amun einen goldenen Obelisken stiften, aber mangels entsprechendem Kleingeld war es dann halt doch nur Basalt. Immerhin hat sie die Spitze des zu Stein erstarrten Sonnenstrahls mit Blattgold belegen lassen. Von ihrem Mann wurde erzählt. Der, der die ägyptischen Götter entmachtete und an ihre Stelle Aton setzte, nicht den Gott der Sonne, sondern die Sonnescheibe als Gott. Der Sohn des Aton, Echn Aton, Echnaton, da war er schon wieder. Sein Sohn machte alles Rückgängig und setzte Aton wieder ab. Die unteren Bevölkerungsschichten behielten aber ihren Glauben an den einen Gott.

Und in diesem Land, in dem der Islam als eine der drei monotheistischen Religionen vorherrscht, werden von angeblichen Anhängern dieser Religion unschuldige Menschen umgebracht. Und nicht nur hier, sondern auch im Rest der Welt. Was ist denn auf dieser Welt los? Hat sich die Menschheit schon früher mit solchen Gewaltorgien herumschlagen müssen? Und wenn ja, dann: wie haben die Menschen das wieder eingedämmt?

-1- Der Brief

Euere Heiligkeit

Im heiligen Jahr der Barmherzigkeit wird es Zeit zu sehen wie unbarmherzig die Welt geworden ist. Sicherlich bin ich einer von vielen die sich berufen fühlen etwas zu unternehmen, einer von vielen Verschwörungstheoretikern die das Böse am Werk und die Endzeit anbrechen sehen, aber ich glaube - nein ich weiss, dass die alle Recht haben.

Lassen Sie uns bei Amenophis V beginnen. Er hatte die Vision, dass es nur einen Gott gibt. In Ermangelung anderer Vorbilder wendete er sich von Amun, Nuth, Hator und wie die restlichen Götter der ägyptischen Antike alle hiessen ab und setzte die Sonnenscheibe als alleinigen, lebensspendenten Schöpfergott Aton ein. Er entmachtete den Tempel von Karnak und seine Priester und baute die Stadt Amarna als neues Zentrum seiner Religion. Er nannte sich Echn Aton (Sohn des Aton) und versuchte die Gräueltaten der alten Religion zu beenden. Menschen wurden zum Beispiel gefesselt und lebendig in die Feuergrube geworfen um sie für Verbrechen gegen die Priester oder den göttlichen Pharao zu bestrafen. Nach Echnatons mysteriösen Tod wurde Aton geächtet und die alte Religion von seinem Sohn Tut Ench Amun wieder eingesetzt. Ca. 500 v.Chr. siegte das Gute als der Jude Moses das Volk Israel, welches als einziges den Glauben an den einen Gott behalten hatte, mit Gottes Hilfe aus der ägyptischen Knechtschaft führte. Weitere 500 Jahre später waren die

Römer am Werk und verbreiterten Ihren Machtbereich durch Kriege. Jesus wurde geboren zu einer Zeit als das Joch der Unterdrückung durch die Römer kaum mehr zu ertragen war. Er wurde geboren um den Menschen den Weg zu einem friedlichen und barmherzigen Leben im Glauben an den einen Gott zu zeigen. Die jüdische Religion wurde missbraucht um Jesus sogar Gotteslästerung vorzuwerfen und ihn zu kreuzigen. In den folgenden Jahren wurden Christen den Löwen zum Fraß vorgeworfen oder zur Belustigung des Volkes öffentlich in den Arenen bei lebendigem Leib verbrannt. Wiederum ca. 500 Jahre später (genauer 675 n. Chr.) erhielt Mohammed das Wort Gottes vom Erzengel Gabriel verkündet, musste es auswendig lernen und seinen Gefährten diktieren. So entstand der Koran. Den Menschen wurde wieder von Gott gezeigt wie sie im wahren Glauben an den einen Gott leben sollen. Eine Ära der freien Wissenschaften, des wahren Glaubens und der Barmherzigkeit brach, unter dem Einfluss des   Il Salam (Der Frieden) also des Islam, erneut an. Um das Jahr 1000 wurde das Christentum verführt dem Bösen zu dienen. Kreuzzüge wurden ausgerichtet um Jerusalem von den Muselmanen zu befreien, Zehntausende starben. In der Folgezeit entwickelte sich unser finsteres Mittelalter. Wieder brannten Scheiterhaufen um angebliche Hexen, später auch Ketzer zu eliminieren. Alles im Namen Gottes. Galileo rief noch "... und sie bewegt sich doch!" während die Flammen der Scheiterhaufen, denen Galileo durch seinen Widerruf entging, höher schlugen und der Dämmerung trotzten die eine sich um die Weltscheibe drehende

Sonne mit ihrem Sonnenuntergang herbeizauberte. Tetzel verkaufte seine Ablassbriefe um die Prunksucht und damit den Petersdom des Papstes zu finanzieren. Die Menschen bereuten ihre Sünden nicht mehr, sie kauften sich frei während Luther nur knapp dem Flammentod entging, weil er gegen das Bordell des Papstes, den Vatikan, wetterte. Diese dunkle Periode dauerte sehr lange. Versuche das Gute wieder in die Welt zu bringen, wie Luther das unternahm, brachten Denkansätze, setzten sich aber nur unvollständig durch. Mir graut vor dem was kommen mag wenn das Böse das nächste mal noch erfolgreicher ist.

Wir sind jetzt im Jahr 2016. Schon 1933 begann die Hetze gegen Juden und deren geplante Ausmerzung in Konzentrationslagern. Gott sei gepriesen - diese Zeit wurde beendet unter dem Einsatz hunderttausender von Menschenleben im 2. Weltkrieg. Das Böse nahm einen neuen Anlauf. Angebliche Gotteskrieger starteten ihren Feldzug am 11. September 2001 indem sie Flugzeuge ins World Trade Center in New York lenkten. Es folgten Kriege und Terroranschläge. Diesmal wird der Islam missbraucht. Al Kaida und später hinzukommend der sogenannte Islamische Staat verbreiten, bis jetzt mit wachsender Tendenz, Terror nach dem Muster der christlichen Kreuzzüge. Menschen werden enthauptet, an Säulen gebunden und mit diesen gesprengt, in Käfige gesperrt und bei lebendigem Leib verbrannt.

So ungefähr alle 1000 Jahre sieht man auf unserer Erde einen Anstieg von Kriegen oder Terrorismus. Immer gehen diese Gewaltexzesse von Menschen aus, die behaupten das im Namen des einen Gottes zu tun.

Anders ausgedrückt: Das Tier wurde weggesperrt. Aber alle 1000 Jahre muss es losgelassen werden für kurze Zeit, wie Sie das aus der Offenbarung kennen.

Die Menschen haben diese Zeiten immer überwunden. Zeiten in denen die Menschen gläubiger sind und ihre Taten mehr zu Gutem verwenden sind immer wieder gekommen. Aber es wird Zeit, dass wir aktiv werden. Beten für das Gute in der Welt und gegen den Krieg und Terror ist schon ein guter Ansatz. Aber in Zeiten der Wissenschaft können und müssen wir mehr tun.

Sollten Sie an meinen Gedanken Gefallen (oder besser noch Missfallen) gefunden haben bitte ich Sie mich zu einer Audienz zu laden. Sicher haben Sie unter Ihren Kardinälen auch Männer der Wissenschaft. Wenn bei dieser Audienz ein theoretischer Physiker dabei sein könnte wäre das von Vorteil. Ach ja: und bitte einen Dolmetscher für Deutsch. Mein Italienisch ist furchtbar.

Hochachtungsvoll

Jan Franke, Dr. med. vet.

-2- Der Papst

"Heiligkeit." der Kardinal flüsterte das Wort als er in die kleine Kapelle kam in welcher der Papst betete. Der rüstige 70er zuckte nicht einmal mit den Augenbrauen. "Heiligkeit!" wurde der Kardinal etwas lauter. "Was gibt es?". Man sah dem Oberhaupt der katholischen Kirche nicht an, dass er sich über diese Störung beim Gebet etwas ärgerte. Was konnte wichtiger sein als die Zwiesprache mit Gott? Aber, wie es seine Art war hatte er sich in Gedanken schon bei dem Kardinal für diese Emotion entschuldigt, noch bevor dieser überhaupt etwas von dem Ärger bemerkte. "Heiligkeit, diesen Brief sollten Sie lesen. Er kam heute morgen mit der Post. Zunächst könnte man denken es ist wieder einer dieser religiösen Fantasten die eine Weltverschwörung wittern, aber irgendwas ist daran anders. Irgendwie glaub ich, dass uns dieser Schreiber einen Schritt in die richtige Richtung zur Lösung unseres Problems aufzeigen könnte." - "Soll das heissen er hat das Schema erkannt?", fragte der Petrusnachfolger. "Er deudet es zumindest an." Der Kardinal verlies die Privatkapelle des Papstes. Auf dem Kniebänckchen lag der besagte Brief.

"Monsignores!" Das Stimmengewirr in der sixtinischen Kapelle war unbeschreiblich. "Monsignores! Ich darf doch bitten!" Der Kamerlengo drang nicht durch. "Silencio!" Zwar war nirgends ein Lautsprecher oder ein Megaphon zu sehen, aber die fantastische Akustik des Bauwerkes lies dieses Wort im Raum stehen, wie eine zu Stein erstarrte Ermahnung. Die Autorität des Amtes, viel mehr aber noch die Autorität das emeritierten Papstes brachte den summenden Bienenschwarm der Kardinäle zum Schweigen. "Wir haben wichtiges zu besprechen und zu entscheiden. Seit einigen Jahren beobachten wir mit Sorge die Zunahme von Gewalt auf der Welt. War diese zunächst noch scheinbar zufällig über die Erdkugel verteilt ..." - Ja - die Erdkugel! Johannes Paul II rehabilitierte Gallileo, sodass seit einigen Jahren auch die Katholiken nicht mehr auf einer Scheibe leben - "... zufällig über die Erdkugel verteilt ..." wiederholte der Redner mit barschem Ton um dem wieder aufkommenden Gemurmel entgegenzuwirken, "... konzentrieren sich die Aktivitäten der Heerscharen des Antichristen auf die Regionen im nördlichen Syrien und im nördlichen Irak. ...". "Verzeihen Sie wenn ich sie unterbreche, aber waren wir uns nicht einig nicht vom Antichristen zu reden? Das erscheint mir doch etwas wie Hokus Pokus. Wir leben in einer wissenschaftlichen Welt und glauben nicht mehr an Geister." kam ein Einwand aus der durcheinander stehenden Menge. "... also unweit der Ebene oder des Tals von Meggedon, wo, wie wir alle wissen, nach der Offenbarung der Endkampf stattfinden soll." vollendete der Redner seinen Satz. "Und nein, ich verzeihe nicht. Ich schätze es überhaupt nicht unterbrochen zu werden. Ihre Einwände sind Bestandteil der späteren Dikussion. Dann können Sie sich äußern!" rügte der Kamerlengo den Kardinal, den er in der Menge weder ausmachen konnte, noch an der Stimme erkannt hatte.

Das diese Situation möglichst viele theologische Autoritäten erforderte war klar. Deshalb waren nicht nur viele Kardinäle anwesend, welche von der mysthischen Anschauung der Religion über verschiedene weltliche Sichtweisen bis hin zu wissenschaftlichen Ansätzen jede erdenkliche Richtung von Antworten auf Glaubensfragen vertraten, sondern auch zwei Päpste. Eine Seltenheit in der Geschichte. Der emeritierte Papst, ehemals Vorsitzender der Glaubenskongregation also der Nachfolgeorganisation der heiligen Inquisition und damit erfahren im Umgang mit den Schlichen des Bösen, und der amtierende Papst, eine Ikone der Barmherzigkeit. Ein, durch seine Tätigkeit in den Elendsvierteln von Buenos Aires erfahrener Philantrop der seine Liebe zu Gott in der Liebe zum Menschen ausdrückt. Ihm fiel es letztendlich auch zu nach Abwägung aller Argumente der anwesenden Kardinäle und seines Amtsvorgängers zu entscheiden ob überhaupt und wenn dann wie die Kirche auf die gegenwärtige Situation reagieren wird.

Und warum eigentlich nur die Kirche, warum nicht alle Christen? Und warum eigentlich nur die Christen, warum nicht alle Religionen? Und warum eigentlich nur die Religionen, warum nicht alle Menschen? Aber das wird die Entwicklung zeigen...

"Meine Herren! Bei unserem letzten Treffen haben wir erörtert, dass Gewalt gegen Menschen offensichtlich in periodischen Abständen von ca. 1000 Jahren einen Höhepunkt erreicht. Wir haben eine Parallele zur Offenbarung des Johannes gezogen. Das Problem ist, dass das Tier erst nach dem Endkampf weggesperrt wird und dann alle 1000 Jahre freigelassen werden muß. Wenn diese Beobachtungen stimmen ist es so, dass wir entweder schon nach dem Endkampf leben, das Paradies haben wir uns aber alle anders vorgestellt, oder das diese periodisch auftretenden Gewaltexzesse zufällig sind." Der Papst setzte sich nach diesen Worten hin und übergab das Wort an einen der Kardinäle, der die nun folgende Diskussion leiten sollte. Der Kamerlengo hatte die sixtinische Kapelle verlassen, die Tür zugesperrt und die Wachen der Schweizer Garde davor postiert.

"Monsignores! Nach den Erfahrungen aus der letzten Klausur bestehe ich auf das Einhalten der nötigsten Höflichkeit. Das bedeudet das wir uns gegenseitig ausreden lassen. Wir werden die zu diskutierenden Punkte nacheinander abarbeiten. Beachten Sie bitte, dass unsere Diskussion ergebnissoffen ist. Die letztliche Entscheidung hat einzig und allein seine Heiligkeit! Wir geben hier nur unsere fundierten Meinungen wieder, die ihn beratend unterstützen sollen."

Diese Einleitung war ein Schlag mit dem nassen Waschlappen ins Gesicht der Diskussionsteilnehmer, die sich während der letzten Klausur, durchaus gut gemeint, in religiösem Eifer echauffierten, was einen zielführenden Meinungsaustausch geradezu unmöglich machte. Wie Tucholski schon sagte: "Das Gegenteil von Gut ist nicht Schlecht sondern gut Gemeint."

Die Stille die jetzt in der Kapelle herrschte war gespenstisch. Teils erbost, teils betroffen ob dieser Massregelung starrten die Kardinäle zu Boden. Durchbrochen wurde die Stille nur von der elektronisch klingenden Version von "Highway to hell" die einer der jüngeren Kardinäle auf seinem Samsung Galaxy Streichelhandy als Klingelton installiert hatte. Nachdem dieser die Quelle des musikalischen Zwischfalls ungeschickt und mühsam unter seiner Sutane hervorgekramt und zum Schweigen gebracht hatte fügte der Diskussionsleiter, seine Augen zum Himmel verdrehend, hinzu "und unsere Mobiltelefone schalten wir natürlich auch alle aus." Was die Stimmung der Anwesenden in schallendes Gelächter umschlagen lies.

Nach einem erneuten "Silencio!" wurde erklärt, das die Teilnehmer der Diskussion ihre Ideen zum Thema als Stichwort zu Papier bringen sollen und diese dann in einen bereitgestellten Korb werfen mögen. Nach dem Auswerten der Zettel würden die Ideen dann in Gruppen zusammengefasst und auf einer bereitgestellten Tafel aufgelistet. Danach würde man Punkt für Punkt abarbeiten. Also eine umständliche Variante dessen, was man heuzutage wohl als "brain storming" bezeichnet.

-3- Die Antwort

Sehr geehrter Herr Dr. Frank

Ihr Schreiben an seine Heiligkeit hat unsere Aufmerksamkeit erregt. Zwar entzieht es sich unserer Vorstellungskraft wie ein Tierarzt in der gegenwärtigen Situation der Menschheit behilflich sein kann, doch sind einige Gedanken in Ihrem Schreiben enthalten die es wert erscheinen geprüft zu werden.

Aus diesem Grund läd Sie seine Heiligkeit am Sonntag nach Heiligabend zur Abendandacht in seine persönliche Kapelle und anschließend zum Abendessen in den päpstlichen Gemächern.

Zu diesem Anlass wird ein Priester anwesend sein, der sowohl die deutsche Sprache beherrscht als auch in den gängigen Theorien der Quantenphysik bewandert ist.

Bitte teilen Sie uns ihre Ankunftszeit am Flughafen mit. Sie werden von dort abgeholt. Für Ihre Unterbringung im Vatikan ist gesorgt.

Mit freundlichen Grüßen

päpstliches Sekretariat

der Kamerlengo

-4- Der Diskussionsversuch

"Monsignores! Nehmen Sie bitte Ihre Plätze ein." Der Tummult legte sich schneller als gewohnt und die Kardinäle setzten sich in die Stuhlreihen, die auf beiden Langseiten der Sixtinischen Kapelle aufgebaut waren. Während der Pause, in der die Brainstorming Produkte gesichtet, kategorisiert und sortiert wurden, wurden Getränke und Häppchen gereicht. Einige der Teilnehmer schnappten sich auf ihrem Weg zum Stuhl noch ein paar belegte Brotstückchen, wohl damit der Magen während der nun folgenden Diskussion nicht so laut knurrt. Als es still wurde erklang zum zweiten mal "Highway to hell". Da mußte wohl jemand während der Pause dringend tele-fonieren und hat dann wieder vergessen das Handy auszuschalten. Das aufkommende Gelächter klang diesmal etwas verhaltener, missmutige Töne waren darunter zu hören und der arme Kardinal fischte wieder umständlich mit hochrotem Kopf nach dem Gerät um ihm das Läuten auszutreiben.

"Wir haben Ihre Ideen gesichtet und zusammengefasst. Auf dieser Tafel...", in der linken Ecke stand eine große Schultafel im Querformat auf einem hölzernen Dreibein,"... sehen Sie die Kategorien die wir gebildet ha-ben"

Die Tafel wurde durch senkrechte Kreidestriche in vier Teile unterteilt. Über der linken Spalte war "weltlich" zu lesen, über der zweiten "theologisch", über der dritten

Spalte stand "mystisch"und ganz rechts "wissenschaftlich".

"Die weltlichen Aspekte des Gewaltanstiegs in unserer Gesellschaft haben wir das letztemal schon versucht zu erörtern. Die ungerechteVerteilung der Güter auf der Welt führt selbstverständlich zu Unzufriedenheit unter den ärmeren Menschen. Die Habgier einiger nimmt den Armen die Wurst vom Brot, falls sie überhaupt Brot haben. Regierungen bereichern sich am Elend anderer und schicken teilweise sogar Kinder zur Arbeit unter unwürdigen Bedingungen. Dass solche Zustände im Laufe der Zeit immer extremere Formen annehmen und schließlich zum Aufbegehren der Unterdrückten führen kennen wir aus der ganzen Menschheitsgeschichte. Nach Bürgerkriegen und Terrorakten kommt es dann zur Revolution. Und unter den neuen, hoffentlich idealistischeren Regierungen schließlich zur Beruhigung. Das könnte die Periodizität des Auftretens von Gewalt erklären. Die Intervalle müssten aber viel kürzer und lokaler begrenzt sein, weshalb wir die weltlichen Probleme zwar nicht ausser Acht lassen, aber sicherlich nicht als Alleinverursacher der gegenwärtigen Gewaltexzesse betrachten dürfen. Zu den theologischen Fragestellungen bitte ich nun um Ihre Meinungen."

Ein älterer Herr aus den hinteren Sitzen meldete sich zu Wort. "Wie wir immer in unseren Predigten betonen sind Schicksalsschläge doch als Prüfung Gottes zu verstehen, aus denen wir gestärkt im Glauben hervorgehen sollen. Kann nicht die heutige Welt eine Prüfung für die ganze

Menschheit sein?"

"Ja schon..." schaltete sich der Herr mit dem Handy ein "aber sind wir nicht überzeugt, dass uns Gott nach Hiob nicht mehr so prüfen will? Denken Sie an die vielen Toten und daran, wie grausam diese zu tote gebracht werden."

"Und die Gewalt gegen derartig viele Menschen, noch dazu so grausam begangen, würde er sicherlich nicht zulassen" sagte einer der Kardinäle, wobei sein Argument im aufbranntenden Stimmengewirr unterzugehen drohte.

"Wir wissen, dass Satan die Menschen versucht. Schliesslich hat er es auch bei Jesus in der Wüste probiert. Bei normalsterblichen Menschen wird er sicherlich manchmal erfolgreich sein, dann ist es unsere Aufgabe diese Seelen wieder auf die gute Seite zurückzuholen, aber bei Menschen die fest im Glauben stehen ist er bestimmt ähnlich wie bei Jesus erfolglos" erhob sich die Stimme eines farbigen Kardinals über die Geräuschkulisse und brachte damit den Rest der Gruppe wieder zum Schweigen. "Es dürfte daher schwierig sein das, was gerade auf der Welt geschieht mit den üblichen Aktivitäten des Antichristen zu erklären. Aus irgendeinem Grund ist er in den letzten Jahren erfolgreicher. Und seltsamerweise gerade bei den Gläubigen die bereit sind sich für ihren Glauben zu opfern. Wie schafft es den Glauben an den guten, den barmherzigen, den einen Gott in diesen Menschen so zu vergiften, dass sie Glauben im Namen Gottes zu töten - auch sich selbst? Das ist es doch was wir hier sehen müssen."

"Gut gesprochen" begann der emeritierte Papst. "Auch wenn es in der breiten Öffentlichkeit nicht gerne gesehen wird führen wir immer noch Exorzismen durch, den es werden Menschen von Dämonen befallen, auch wenn wir viele Fälle aus der Vergangenheit als Krankheiten des Geistes und der Seele erkennen mussten, die besser von Psychologen als von Priestern behandelt worden wären. Aber der Dämon ist am Werk. Nur in den vergangenen Jahren viel häufiger und viel erfolgreicher als wir das aus den letzten Jahrhunderten kennen. Ich sehe aber, dass wir damit schon in der mythischen Argumentation stecken. Hat noch jemand etwas zum Thema wissenschaftliche Theologie zu sagen?"

Schweigen erfüllte den Raum. Nach wenigen Minuten ergriff der Papst das Wort: "Dann stecken wir jetzt also mitten in der mythischen Diskussion und nähern uns den wissenschaftlichen Aspekten. Bevor wir damit anfangen möchte ich noch mit einem Deutschen sprechen, der angedeudet hat eine Idee zu haben wie wir damit umgehen können. Deshalb vertage ich diese Versammlung auf nach Weihnachten. Kamerlengo öffnen Sie die Tür!"

-5- Adveniat

Ich verstehe nicht, was die Leute alle in Rom wollen. Selbstverständlich möchte man mal den Petersdom sehen, sich bei einem Kaffee vor dem Panteon fragen ob man gerade die Weltkaffeernte aufgekauft hat oder an der Fontana di Trevi ein Eis zum Preis eines Mittelklassewagens schlecken. Sie können auch für vier Euro ein Stück Tiramisu essen, aber beeilen Sie sich bevor es verdunstet. Aber dann reicht's doch auch. Werfen Sie niemals eine Münze in den Trevibrunnen, sonst müssen Sie irgendwann noch mal nach Rom. Ich habe den Fehler gemacht und siehe da, da bin ich wieder. Sogar vom Papst persönlich geladen. Die Limusine die mich am Flughafen abholte war schwarz mit getönten Scheiben und auf dem Kotflügel wedelte ein gelbweißes Fähnchen mit dem päpstlichen Wappen.

Die Passkontrolle an der vatikanischen Grenze fiel sehr gründlich aus, gehört der Vatikan eigentlich zur Europäischen Union? Naja, bei der Kontrolle wohl sicher nicht zum Schengenraum. Ich wurde in ein Gebäude geführt in dem ich während meines Aufenthaltes untergebracht war und mit Brot und Käse versorgt. Morgen sollte die Audienz stattfinden. Ziemlich aufgeregt legte ich mich spät in der Nacht hin und konnte nicht einschlafen. Schliesslich trifft man nicht jeden Tag das Oberhaupt der katholischen Kirche, den Staatschef des Vatikan, den Bischoff von Rom.

-6- Die Audienz

"Kommen Sie" sagte der Priester "seine Heiligkeit befindet sich schon beim Abendgebet." Ich betrat die kleine Kapelle, fand den Weihwasserkessel nicht und bekreuzigte mich dann halt so. Der Papst kniete auf seinem Kniebänkchen und betete. Ich suchte mir einen Platz in einer der hinteren Ecken und blieb andächtig stehen. Möge Gott geben das irgendjemand, muss ja nicht ich sein, einen Weg findet diesem grausamen Treiben auf der Welt ein friedliches Ende zu machen. Das war mein einziges Gebet das ich zusammenbrachte, aber das umfasste ja auch den Zweck meiner Reise. Seine Heiligkeit bekreuzigte sich und stand auf. Er drehte sich zu mir um und sagte wohl "kommen Sie". Ich verstand kein Wort. Wie gesagt ist mein Italienisch nur rutimentär aber die Gestik machte auch so klar was er wollte. Er streckte mir seine Hand mit dem Fischerring entgegen. Langsam ging ich auf ihn zu. Einen derart Ehrfurcht gebietenden Augenblick hatte ich zuvor bei einem Menschen noch nie erlebt. In jeder Kirche fühle ich: Gott ist da. Ebenso in jeder Moschee und auch in Synagogen. Seltsam, aber auch im Tempel von Karnak in Ägypten habe ich immer wieder dieses Gefühl. Die Lichtshow da hat mir letztendlich ja auch diesen Besuch eingebrockt. Aber das ist das Gefühl wenn ich die Gegenwart Gottes spüre. Die Ehrfurcht einem Menschen, auch wenn´s der Papst ist, gegenüber war anders aber ähnlich überwältigend. Ich schwankte etwas als ich ihm gegenüberstand. Ich ergriff die ausgestreckte Hand, verbeugte mich und küsste den Ring (das wollte ich schon immer mal machen). Mit der mir angeborenen Frechheit kam ich nicht umhin mich dafür zu entschuldigen dass ich nicht niederkniete, das ging aber nicht da wir ansonsten unsere Unterhaltung auf dem Boden weiterführen müssten wenn er nicht einen guten Physiotherapeuten greifbar hätte. Der Papst lachte. Erst jetzt fiel mir auf, dass der Priester, der mich zur Kapelle gebracht hatte wieder im Raum war und meine Worte geflissentlich übersetzte. Wohl Wort für Wort, wie ich an den Fetzen die ich verstanden hatte bemerkte. Ein freundliches Grinsen entlockte ihm dann auch noch der Anblick meines hochroten Kopfes den ich als Quittung für mein loses Mundwerk erhielt während wir auf dem Weg zum Essen waren.

In dem kleinen Raum brannte ein Kaminfeuer, dass eine wohlige Atmosphäre schuf. Auf einem einfachen Tisch stand Wurst und Käse, Butter und Brot. Ich wurde nach meinem Getränkewunsch gefragt, beschränkte mich aber auf Minerlwasser da ich es für ratsam hielt für die folgenden Erklärungen einen klaren Kopf zu behalten. Und irgendwann gewöhne ich mir auch an im Ausland immer nach Wasser mit Kohlensäure zu fragen, sonst kann ich mich gleich am Wasserhahn andocken. Früher war das alles viel prunkvoller erklärte der Priester, aber der Papst hält es für unangebracht in Samt, Purpur und Gold zu leben während auf der Welt Menschen verhungern. Diese Erklärung entlockte mir einen kleinen Applaus, der meinen Übersetzer nötigte das zu mir gesagte auch noch zu übersetzen.

Eine Brotzeit ist ja auch mal was Gutes. Leider mußte ich im Ausland schon häufiger feststellen, dass wohl Deutschland das Land der unbegrenzten Wurstsorten ist. Außer einer, zugegebenermaßen sehr guten Pastete und einer Salamiart war keine Wurstauswahl da. Etwas anderes als das was man im Flugzeug für Essen hielt hatte ich heute auch noch nicht zwischen die Zähne bekommen, sodaß mir sehr schnell meine Phantasie das Bild eines knusprig gebratenen fränkischen "Schäuferla" vorspiegelte und gemeinerweise auch noch den Duft als riechbare Fatamorgana in der Luft schweben lies. Für alle die "Schäuferla" nicht kennen, das ist ein Stück Schweineschulter, das mit Knochen in der Backröhre knusprig gebraten wird. Dazu gibt es üblicherweise Sauerkraut, das in Franken mit etwas Zucker seiner Säure beraubt wird und damit als Gaumenschmeichler verschiedene fränkische Gerichte ziert. Ein Kloß, entschuldigung, ein Knödel kommt auch noch dazu; oder zwei, oder drei...

Bescheiden wie wir Franken sind wäre ich auch mit "am Boa in am Weggla", also einem Paar Bratwürste in einem Brötchen, zufrieden gewesen. Bitte mit Senf, nicht mit Ketchup, was in den letzten Jahren immer häufiger von jungen Menschen als eine Form der Emanzipation von unseren Traditionen, oder gar als Landesverrat praktiziert wird. Ganz allgemein muß ich anmerken, dass Franken das einzige Land ist, in dem man sich kaum dagegen wehren kann dick zu werden. Ich hab es nicht geschafft, obwohl ich mir durchaus vorstellen könnte, zum Beispiel in England, vor vollem Teller zu verhungern. Bei uns heißt es nicht umsonst, dass der, der schlank ist nur zu faul zum essen ist. Unsere Traditionen, unsere Sprache und vor allem unsere Essenskultur haben sich trotz zweihundertjähriger, feindlicher Besatzung durch das Königreich, entschuldigung, durch den Freistaat Bayern gehalten und werden von uns auch gegen das Vergessenwerden verteitigt.

Nachdem wir gegessen hatten lud seine Heiligkeit zum Kamin ein, an dessen Feuer wir besprechen sollten was ich mir denn da so ausgedacht hatte.

"Selbstverständlich sind Ihnen unsere drei Dimensionen bekannt" sagte ich. "Länge, Breite und Höhe" antwortete mein Gegenüber. "Die vierte Dimension auch?" - "die Zeit" - "das haben wir lange gedacht." Zum Priester gewendet sagte ich "bitte einfach übersetzen, und wenn ich einen groben wissenschaftlichen Fehler mache - einschreiten". Mein junger Dolmetscher grinste und nickte. "Euere Heiligkeit, ich bin keine große Leuchte auf dem Gebiet der theoretischen Physik. Ich habe nur versucht das soweit zu verstehen, dass ich notfalls damit arbeiten kann und dabei kamen mir einige unserer Glaubensgrundsätze in die Quere, die ich integrieren musste, sonst wären viele Sachen auf dieser Welt einfach unlogisch. Also noch einmal zur vierten Dimension. Albert Einstein hat durch seine Arbeit entdeckt, dass die Zeit veränderlich ist. Sie kann schneller oder langsamer voranschreiten je nachdem wie schnell sich derjenige der sie misst bewegt, oder wieviel Masse in der Nähe ist. Wie das genau geht ist dabei jetzt unerheblich, und ich bekomm's auch nicht mehr zusammen. Zeit ist nach Einstein eine Eigenschaft des dreidimensionalen Raumes, weshalb er heutzutage als Raumzeit bezeichnet wird. Jetzt sehen wir mal, wie wir die Dimensionen darstellen können." Ich holte einen Faden aus der Tasche und legte ihn auf den kleinen Beistelltisch an meinem Sessel. "Dieser Faden ist lang. Das bisschen breit und hoch ignorieren wir jetzt mal." Ich nagelte den Faden in der Mitte mit meinem Zeigefinger auf dem Tisch fest und zog das eine Ende ungefähr im 90 Grad-Winkel zurecht. "Jetzt beschreiben wir eine Fläche die zweidimensional ist - also lang und breit". Aus meiner mitgebrachten Aktentasche holte ich ein Blatt Papier und ersetzte den Faden dadurch. Ich faltete das Blatt so, daß eine Fläche in die Höhe stand. "Und jetzt haben wir einen dreidimensionalen Raum." Ich holte einen Würfel aus der Tasche und legte ihn an die Stelle des Papiers. "Und jetzt falten wir den Würfel - aber wohin? Hier enden unsere Sinnesorgane und damit unsere Vorstellungskraft. Trotzdem hat man die vierte Dimension schon erfahrbar gemacht." Die Stirn des Papstes runzelte sich etwas und ich fuhr fort indem ich das Blatt Papier wieder glättete und mit einem Kugelschreiber in der Mitte einen Kreis malte. Darüber kam ein zweiter, kleinerer Kreis und darüber ein Punkt. "In unserem dreidimensionalen Raum breitet sich ein Lichtrahl immer gerade aus. Auf diesem Blatt sehen Sie in der Mitte die Sonne, darüber die Erde und darüber, der kleinen Punkt hier, einen weit entfernten Stern. Ein halbes Jahr später steht die Erde auf der gegenüberliegenden Seite. Der Stern ist jetzt von der Erde aus unsichtbar, weil die Sonne dazwischen steht." Ich zeichnete eine Linie vom Stern so an der Sonne vorbei, daß die Linie den äußeren Rand der Sonne gerade berührte. "Wandert die Erde auf ihrer Bahn weiter können wir den Stern erst dann wieder sehen, wenn sie an dieser Linie ankommt. Soweit klar?" Der Papst nickte, der Priester auch. "Diese Beobachtung sollte gemacht werden. Aber man konnte den Stern viel früher wieder sehen. An einer Stelle im Raum an dem der Stern noch hinter der Sonne war. Wenn sich Licht immer geradlinig im Raum ausbreitet muß also der Raum gekrümmt sein. Das ist unser gefalteter Würfel." "Ich habe eine Idee was Sie meinen" sagte der Papst "aber das muß sich erst setzen. Außerdem frage ich mich was das mit unserem Problem der Gewalt zu tun hat." "Das, eure Heiligkeit, wird noch ein schwieriger Weg. Ich möchte Ihnen für heute nur noch mitgeben, dass es Theorien gibt die unserem Raum zwischen zehn und 32 Dimensionen zuschreiben. Da muß der Würfel noch ganz schön oft gefaltet werden. Für unser Problem ist es aber völlig egal wieviele Dimensionen es letztendlich sind. Physikalische Effekte, die wir teilweise täglich sehen und zu selten hinterfragen verlangen nach diesen Dimensionen. Und auch wenn die String-Theorie diese zusätzlichen Dimensionen gerne aufrollt und in der Ecke verstaut bin ich überzeugt das sie sich nur mangels entsprechender Sinnesorgane oder Meßsysteme unserer Wahrnehmung entziehen. In einigen dieser Dimensionen suche ich unsere Seele in anderen das Verlies des Tieres." - "Auch Gott?" - "Nein! Gott muß über dem ganzen stehen, hat er es doch geschaffen. Er überwacht es auch. Das geht nur von außen." "Ich glaube das war genug für heute. Besuchen Sie mich morgen abend wieder. Ich bin gespannt wie das weitergeht." "Ich auch - das können Sie mir glauben - ich auch!" Der Priester führte mich zu meinem Zimmer zurück.

Die große Frage für mich war immer noch das wie. Wie müssen wir angreifen? Wen überhaupt? An wievielen Fronten müssen wir angreifen? Und vor allem wo? Wenn das Böse tatsächlich als Wesen existiert das in Menschen eindringt, ähnlich wie Dämonen das nach dem Glauben der Kirche können, und die Seele so vergiften das die Betroffenen sogar glauben für das Gute zu kämpfen, ja sogar für Gott zu kämpfen, während sie die Welt der Menschen in den Vorhof zur Hölle verwandeln, wie betreiben wir einen globalen Exorzismus?

Es geht ja nicht nur um den sogenannten islamistischen Terror der in Afrika durch Al Kaida, IS und Poko Haram verbreitet wird. In Nordsysrien und im Nordirak passiert das selbe. Gänzlich ad absurdum führt sich der sogenannte islamische Staat mit Aktionen wie kürzlich in Medina, wo sich ein Selbst-mordattentäter vor der Moschee des Propheten, dem zweitgrößten Wallfahrtsort des Islam, in die Luft sprengt. Israel steckt seit Jahrzehnten in einem Bürgerkrieg gegen die Palästinenzer und rasselt mit den Säbeln gegen den Iran. In den USA bügelt der Kukluxklan seine Spitzmützen während ein milliarden schwerer, rassistischer Präsidentschaftskandidat droht in das Weiße Haus einzuziehen. Europa übt sich in der neuen Disziplin Antigastfreundschaft, während Russland versucht in der Ukraine Boden gut zu machen. Polen nimmt schon Flüchtlinge auf, aber nur ein paar und auch nur Christen, weil man sich mit der islamischen Kultur nicht auskennt - ich wußte nicht, dass es auch religiösen Rassismus gibt. Kim Jong Un übt sich in Nordkorea im Atomkrieg und bringt seine Verwanden um, um seine Macht zu erhalten. China richtet Menschen schneller hin als sie geboren werden können, und in Bangladesch verhungern die Menschen während sie Kleidung für den westlichen Markt nähen. In Deutschland zünden Glatzen Asylbewerberheime an und rechtspopulistische Parteien halten Einzug in Parlamente. Die Liste lässt sich wohl beliebig fortsetzen. Ich glaube der einzige Ort an dem zur Zeit keine Auseinandersetzungen stattfinden ist die Antarktis. Und da sammelt sich der ganze Müll den wir täglich produzieren.

Was ist die Gemeinsamkeit dieser Konflikte? Waffengewalt? Hmmm - wie sollen Konflikte sonst ausgetragen werden? Der Ort? Naja, man muß nur den Maßstab groß genug anlegen. In diesem Fall: Planet Erde. Das führt aber auch nicht weiter. Oder doch? Die Gewalt richtet sich in erster Linie gegen Menschen. Auch gegen Tiere und den Rest der Schöpfung? Ja: Wir alle arbeiten am Klimawandel und sind dabei sehr erfolgreich. Monokulturen um die wachsende Weltbevölkerung zu versorgen. Tierhaltungsfabriken, Qualzuchten, Versuchstiere, ... Das hatte Gott sicher nicht im Sinn als er sagte "Macht Euch die Erde Untertan".

Ist der Mensch also grundlegend schlecht? Sieht nicht so aus. Wir haben auch massenhaft Beispiele von Menschen die ihr Leben riskiert haben um andere zu retten. Menschen die Ihr Leben in den Dienst der Nächstenliebe stellen. Sicherlich können nicht alle wie Mutter Theresa sein, die erst heilig gesprochen wurde. Aber so ein bisschen, im kleinen, im Umfeld eines Jeden gibt es Menschen die helfen wo immer sie können. Vieleicht macht das auch ein jeder von uns selbst.

Steckt also Gut und Böse in jedem von uns? Vermutlich ja. Es kommt auf die Gewichtung an, und auf die Situation. Dann kommt unsere Entscheidungsfreiheit dazu. schliesslich können wir machen was wir wollen. Und wer beeinflusst unseren eigenen Willen? Im Kleinen machen wir das gegenseitig bei jeder Diskussion. Im größeren Maßstab sehen wir das zur Zeit bei unseren Rechtsradikalen in Deutschland, die mit ihren hetzerischen Reden Anhänger fangen. Noch größer war der Maßstab damals im 3. Reich, als fast ein ganzes Volk verführt wurde. Der IS nutzt, wie andere Terrororganisationen auch, das Internet um das selbe zu tun, hier noch mit absichtlich falsch ausgelegten Koransuren. Die schaffen es sogar Menschen soweit mit falschen Heilsversprechen zu locken, dass die sich als Selbstmordattentäter mit möglichst vielen Unschuldigen in die Luft sprengen und glauben tatsächlich dafür als Märtyrer im Himmel zu landen. Was für eine perverse Sicht auf die Religion. Diktaturen beeinflussen den freien Willen mit Angst, so wie das auch in der ehemaligen DDR gemacht wurde. Der freie Wille ist also gar nicht so frei wie wir immer denken. Er ist manipulierbar. Und dieses massenhafte Auftreten von Willens-verschiebungen hin zum Negativen schreit geradezu nach einer gezielten Manipulation. Kann das Menschenwerk sein? Kaum, denn wer hätte schon die Macht die ganze Welt zu manipulieren, und das auch noch auf so vielfälltige Weise? Da ist ja wirklich für jeden was dabei. Muslime, Christen, Juden, Atheisten, Umweltterroristen, Politiker und so weiter. Angriffe auf religiöser und auf weltlicher Ebene. Und das wird auch noch weitergegeben wie eine ansteckende Krankheit. Da ist etwas am wirken. Irgendein intelligentes und bösartiges Wesen dringt in unsere Welt ein. Ganz so wie es die Bibel vorausgesagt hat.

Mach bitte, dass meine Idee auf den richtigen Weg führt. Hilf bitte, dass hier Menschen guten Willens sind die daraus einen Weg konstruieren können der es uns erlaubt das Tier wieder einzusperren.

Die Andacht war zu Ende und wir gingen wieder in den Raum von gestern um das Abendessen einzunehmen. Irgendwie haben die gemerkt, dass ich nicht unbedingt ein Freund von kalten Speisen bin. Ein leckerer Gemüseeintopf mit Fleischeinlage liess uns aber der einfachen Linie treu bleiben.

Mein Mineralwasser con gaz (ich hab´s geschafft) stand schon am Kamin bereit. "Sie haben sich die vierte Dimension durch den Kopf gehen lassen?" fragte ich. "Ja. Und nach stundenlanger Meditation, vielen Gebeten um Erleuchtung und einer viertel Schachtel Aspirin habe ich glaube ich eine Idee davon was Sie mir sagen wollen. Neugierig bin ich, wie Sie mir den Rest erklären wollen, denn ich ahne, dass das erst der Anfang war." "Na dann - fangen wir mal an. Das wir insgesamt zehn bis 32 Dimensionen haben hatte ich gestern schon gesagt. Es gibt noch keine Möglichkeit diese Dimensionen irgendwie nachzuweisen; auch nicht indirekt, wie wir das bei der vierten Dimension konnten. Nehmen wir das einfach hin. Es ist auch total egal wieviele es sind. Es müssen nur genügend sein. Es ist auch wichtig noch einmal zu erwähnen, dass die Zeit eine Eigenschaft des Raumes ist, unseres drei- oder vierdimensionalen Raumes. Und die Zeit ist veränderlich. Es kann sogar sein, dass die Zeit in den anderen Dimensionen überhaupt nicht existiert." Ich nahm einen Schluck von meinem Mineralwasser und sah, wie der Papst angestrengt zu folgen versuchte. Mein Übersetzerpriester schaute noch sehr wohlwollend. Anscheinend hatte ich bisher keinen gravierenden Fehler bei meiner Erklärung gemacht. Er ist theoretischer Physiker, er hätte das gemerkt. Das Feuer brasselte und Funken stoben auf, als der Priester mit dem Schürhaken einige Holzscheite darin zurecht rückte. "Jetzt gehen wir mal zum Aufbau der Materie." "Ich habe befürchtet, dass Sie das Thema wechseln." "Nein nein, kein Themawechsel, nur einen Schritt zurück und das Thema von einer anderen Seite beleuchtet. Das brauchen wir später für die Zusammenschau." Der Papst seufzte. "Sie muten einem alten Mann sehr viel zu." "Für jemanden der die gesamte katholische Christenheit führt und der mit Gott spricht wird das zu meistern sein." Noch ein Schluck Wasser dann erklärte ich weiter: "Demokrit, ein alter Grieche, machte folgendes Gedankenexperiment. Nehmen Sie einen Würfel und schneiden Sie ihn in jeder Ebene einmal durch, also drei mal. Sie erhalten acht kleinere Würfel. Einen davon schneiden Sie wieder genauso wie den ersten. Es gibt wieder acht noch kleinere Würfel. Wenn Sie das immer weiter machen kommen Sie irgendwann an einen ultrakleinen Würfel der nicht mehr geschnitten werden kann - Schneiden auf griechisch: tomere, Vorsilbe für "nicht": A- also: Atomere. Unser Atom war gefunden.

Später erkannten wir, dass Atome aus Elementarteilchen bestehen. Elektron, Proton und Neutron waren entdeckt. Noch später entdeckte man noch mehr Elementarteilchen, die unterschiedlich langlebig sind.

In Teilchenbeschleunigern ließ man dann diese Elementarteilchen mit nahezu Lichtgeschwindigkeit aufeinander prallen. Die Unfalltrümmer sind noch kleiner. So entdeckte man die Quarks. Noch alles klar?" Ein kurzes nicken bestätigte das er noch ganz bei der Sache war. Mein Mineralwasser war leer und mein Hals trocken. Ich wollte gerade um Nachschub bitten als die Tür aufging und jemand geflissentlich mit der Flasche ankam. Feuerholz wurde nachgelegt.

"Und jetzt wird´s ganz theoretisch." "Äh - erst jetzt?" Seine Augen rollten in Richtung Decke und ein Stöhnen wie ein Stoßgebet entrang sich seinem Hals. "Sorry - aber die Teilchen bis jetzt hat man schon direkt oder indirekt gesehen. Jetzt fangen wir an zu spekulieren." Der Priester mischte sich ein: "Sie wollen seiner Heiligkeit jetzt aber nicht die Stringtheorie erklären, oder?" "Ohne die geht´s nicht" entgegnete ich. "Zumindest die Schmalspurvariante für Dummis wie ich sie verstanden zu haben glaube. Selbst ein Steven Hawking hat es nicht geschafft mir in seinem Buch "Das Universum in der Nußschale" die Stringtheorie mit einmal durchlesen so zu erklären das ich auch nur eine Idee davon bekam. Dabei war das Buch populärwissenschaftlich gehalten. Erst nachdem ich das vier mal gelesen hatte, und in Reportagen auf dem Fernseher noch andere

Erklärungen dafür bekommen habe ist es mir nach Jahren gelungen das Monstrum für mich greifbar zu machen." "Monstrum klingt gut" sagte mein älterer Gesprächspartner mit einem verschmitzten Lächeln auf dem Gesicht. "Nähern wir uns wohl unserem Thema?" "Wir sind schon die ganze Zeit mitten drinn. Aber das Monstrum das ich gerade meinte ist die Stringtheorie. Die brauchen wir nicht zu bekämpfen. Sie könnte aber der Schlüssel zum Bekämpfen des Tiers sein." "Also dann mal los. Sie haben mich noch neugieriger gemacht." "Ich werde Sie wohl noch ein bisschen auf die Folter spannen müssen. Den das Folgende ist ein ziemlich dicker Brocken, an dem man sich leicht den intelektuellen Magen verderben kann. Darum plädiere ich nach den nächsten Ausführungen für eine Verdauungspause bis morgen." "Wenn Sie meinen." "Sie werden das in fünf Minuten auch meinen, soviel Wahrsagerei trau ich mir zu" sagte ich grinsend und erntete dafür ein freundliches Lachen.

"Bei den Quarks waren wir angekommen. Hat sich also was mit dem unteilbaren Atom des Demokrit. Ob es da noch Zwischenstufen gibt weiß ich jetzt gar nicht, aber mittlerweile sind wir bei Teilchen die wir String nennen. Stellen Sie sich eine Gitarrensaite vor. Jetzt zupfen sie daran. Sie schwingt nach oben und unten, vor und zurück, sie verlängert und verkürzt sich. Sie schwingt also in drei Dimensionen. Dabei entsteht ein Ton. Zupfen Sie eine andere Seite schwingt die auch in diesen drei Dimensionen, aber in einer anderen Frequenz. Es entsteht ein anderer Ton. Ein String ist jetzt eine sehr kleine Gitarrensaite. Wenn Sie ein

Wasserstoffatom auf die Größe des gesamten Weltalls ausdehnen wäre ein String darin ungefähr so groß wie der Kirschbaum in Ihrem Garten da drausen. Diese Strings schwingen auch. Und zwar in verschiedenen Frequenzen und in unterschiedlich vielen Dimensionen. Sie erinnern sich; wir hatten zehn bis 32 Dimensionen. Jeder String ist selbst eindimensional, also nur lang oder nur breit oder nur hoch oder nur irgendwas was diese anderen Dimensionen verkörpern. Er schwingt aber in mehreren Dimensionen. Nicht alle zehn oder 32, nur ein paar davon. Damit hat der String irgendeine Eigenschaft. Lagern sich mehrere Strings zusammen spricht man von Branen. Und je nachdem wieviel verschiedene Strings, und damit Dimensionen dabei zusammenkommen von n-Branen." "Kurze Pause" klagte mein Gegenüber. "Möchten Sie etwas anderes zu trinken?"

"Wenn ich nicht unverschämt dabei bin - ein Bier wäre recht." "Wir haben auch sehr guten Wein." "Danke, aber da macht mein Sodbrennen nicht mit. Außerdem habe ich gemerkt, dass immer wenn ein Weinkenner von einem sehr guten Wein redet, ich hinterher die Essigbestände in meiner Küche kontrolliere. Damit würde ich nicht mal Salat anmachen." "Diese Deutschen" grinste der Papst "immer gerade heraus, robust und bodenständig." "Leider auch nicht alle" entgegnete ich. Das Glas in dem das Bier gebracht wurde war leicht beschlagen. Also ein kühles Bier; das lies hoffen. Es schmeckte auch hervorragend und verdünnte die Minerlwassermassen in meinem Bauch auf angenehme Weise. "Also lassen wir sich mal drei Strings aneinander lagern..." "Sie wollen schon weiter machen? Sie sind ungnädig!" "Die Uhr ist es auch!" erwiederte ich. "Aber sie sagten doch die Zeit ist veränderlich" parrierte er geschickt. "Soweit ist unsere Technik aber leider noch nicht" musste ich zugeben "es ist aber nicht mehr viel, nur verwirrend, gestehe ich ein." "So sei es also..." "Also drei Strings lagern sich aneinander. Einer ist lang, einer ist breit und einer ist hoch. Wir bekommen also eine 3-Bran. Ein Objekt, daß wir in unserer Welt sehen können. Zumindest theoretisch, wenn´s groß genug wäre. Nehmen wir drei andere Strings. Einer ist lang, einer ist breit und einer ist in der neunten Dimension unterwegs. Lagern die sich zusammen haben wir auch eine 3-Bran. Sehen können wir die aber nur wenn wir von oben drauf schauen, wie bei einem Blatt Papier. Von der Kante betrachtet sehen wir nichts, weil wir kein Sinnesorgan für die 9. Dimension haben. Noch eine 3-Bran: Ein String lang, einer in der fünften und einer in der siebten Dimension. Wir sehen nichts, obwohl sich die Bran mit einer Dimension in unserer Welt befindet. Es fehlt aber eine zweite sichtbare Ausdehnung damit sie unser Auge, oder irgend ein Gerät erfassen kann. Die letzte 3-Bran für heute: Ein String in der fünften, einer in der zehnten und einer in der achten Dimension. Wir sehen nichts, obwohl das Objekt da ist. Es entzieht sich aber unserer Beobachtung weil jetzt gar nichts mehr unsere Sinnesorgane anspricht. Und als Leckerli zum Nachdenken bis morgen: Laut Einstein ist die Zeit eine Eigenschaft unseres drei- oder vierdimensionalen Raumes. Die letzte beschriebene 3-Bran ist aber kein Bestandteil dieses

Raumes. Gibt´s für die das Phänomen Zeit überhaupt? Und falls ja: wie verläuft die? Langsamer, schneller oder sogar rückwärts?" "Und Sie glauben das versteht seine Heiligkeit?" fragte mein Dolmetscher. "Ich glaube schon. War das bisher so richtig?" "Es ist sehr vereinfachend beschrieben und sicherlich nur eine von vielen Auslegungen der String-Theorie. Aber ich erahne auf was Sie hinauswollen. Und das gefällt mir überhaupt nicht. Oder vieleicht doch? Es könnte ein Weg sein der Welt zu helfen. Ich frag mich nur wo sie die nötigen Daten hernehmen wollen, und wie sie Einfluß auf die anderen Dimensionen nehmen wollen." "Abwarten und Tee drinken!" grinste ich und erhob mich um mich von seiner Heiligkeit zu verabschieden. Der Mann sah müde aus. Kein Wunder; ich hatte ihn auch mit viel Theorie fast schon gefoltert. Er tat mir ein wenig leid. Aber in seinem müden Körper steckte ein wacher, wissbegieriger Geist. Er saugte meine Erklärungen auf wie ein trockener Schwamm das Wasser. Hoffentlich habe ich nicht zu viel versprochen. Wenn das alles ein riesen Flopp ist steh ich ganz schön doof da. Aber was kann schon passieren. Schlimmsten Falls betet die Welt für den Weltfrieden. Mehr wird nie nach Außen dringen.

-9- Die Ungeduld

Die Sonne schien durch das kleine Fenster meines Raums und mir direkt in´s Gesicht. Ich hatte vergessen den Vorhang zu zu machen. Im wahrsten Sinne des Wortes eine blendende Idee wie sich jetzt herausstellte. Ich wurde von ihr unsanft geweckt und merkte sofort, dass das gestrige Bier ein echtes Kopfschmerzwasser war. Zwei Aspirin und eine heiße Dusche später fühlte sich meine Zentralrecheneinheit wieder einigermaßen Gut an.

Gerädert kam ich aus dem Bad und entdeckte, dass mir jemand einen Brief unter der Tür durchgeschoben hatte. Der Papst bittet um eine Vertagung des für heute abend anberaumten Treffens auf morgen, da er das Gesagte von Gestern erst noch einmal, mit Hilfe meines theoretischen Physikers, Übersetzers und Priesters Revue passieren lassen müsse. Er möchte auch den emeritierten Papst mit einbeziehen und in einer Art Hauruk-Kurs auf den aktuellen Stand bringen lassen, da ihm langsam dämmert in welche Richtung sich unser Crash-Kurs entwickelt. Respekt! Das hätte ich nicht von ihm erwartet. Der Mann ist doch immer wieder für Überraschungen gut. Er meint das da doch die Erfahrungen eines erfahrenen Glaubenshüters (Inquisitor sagt man nicht mehr) von Nutzen sein könnten. Das war mir gar nicht so unrecht. Schließlich müssen wir irgendwann den Bogen zur spirituellen Welt schlagen. Außerdem drängten die Kardinäle auf eine Fortsetzung ihrer Klausur und liesen sich nicht mehr länger hinhalten. Irgendwer hatte Erbarmen mit meinem Schädel, leider aber nicht mit dem Kirchenoberhaupt, der schon wieder mitten in seinen Amtsgeschäften steckte. Armer Kerl. Er tat mir schon wieder leid.

Ich trank zwei Tassen Kaffee in kleinen Schlucken. Zum einen weil er sehr heiß war, zum anderen weil ich ihn nur auf dem Weg nach unten und nicht noch einmal auf dem Rückweg geniesen wollte. Die Brötchen, Butter, Marmelade und Wurst ließ ich stehen. Nichts, absolut gar nichts Festes kam heute morgen an meinen Lippen vorbei. Ich ließ mich wieder in´s Bett fallen und schlief auch sehr schnell wieder ein.

Eigentlich wollte ich mir am Nachmittag noch mal die Offenbarung durchlesen. Nach Hinweisen suchen. Aber ich wachte erst zum Abendessen wieder auf. Hallo?! Ich war doch nicht im Urlaub! Aber jetzt rächte sich das Schindluder, das ich schon jahrelang als Tierarzt mit meinem Körper und meiner Seele treibe. Beide holten sich ihr Recht auf Erholung mit Brachialgewalt zurück.

Wie ich von dem Priester erfahren hatte, der mich zum Abendessen brachte, begann die Klausur in diesen Minuten erst. Ich dachte an den Papst und wünschte ihm, dass er die drängelnden Kardinäle schnell wieder los werden würde. Zweifelsohne ging es bei dem Treffen um die Gewaltexzesse in der Welt. Sicherlich haben die auch noch andere Ansätze um mit dem Problem umzugehen, aber meinen Ansatz hat er ja noch nicht mal gehört, geschweige denn verstanden. Ich hoffte, dass der Priester ihn begleiten durfte, den der erahnte gestern schon auf was das rausläuft und könnte die Argumentation sehr gut unterstützen, zumal ich dieser Ansammlung reiferer Herren (zumindest vermutete ich das) irgendwie nicht viel zutraute. Gott verzeih mir meine Überheblichkeit, aber Gott sei Dank hat hier der Papst das letzte Wort und der ist fit im Kopf.

"Monsignores! Wenn Sie dann fertig wären könnten wir versuchen auch fertig zu werden. Nehmen Sie bitte Platz!" Nachdem alle saßen verließ der Camerlengo wieder die Sixtinische Kapelle, sperrte ab und postierte wieder zwei schweizer Gardisten vor der Tür. Optisch durchaus ansprechend ist die Uniform dieser Herren doch ein Anachronismus der sich nur sehr schwer in die heutige Zeit, wohl aber in das mittelalterliche Ambiente des Vatikans einfügte.

"Monsignores! Seine Heiligkeit wünscht zunächst selbst zu sprechen." "Meine Herren, wir waren vor Weihnachten dabei die mystische Seite unseres Problems anzusprechen. Der angekündigte Herr befindet sich seit drei Tagen im Vatikan und hat begonnen mir seine Gedanken zu erläutern. Ein Priester unserer wissenschaftlichen Fakultät, der in seinem Leben vor der Weihe theoretischer Physiker war, hat diesen Unterredungen beigewohnt und mir erklärt, dass er zu verstehen glaubt, dass wir im Begriffe sind viele unserer mystischen Fragestellungen zumindest theoretisch-wissenschaftlich zu erklären." "Soll das heißen, das er Ihnen einen Gottesbeweis liefern will?" "Sicherlich nicht. Er selbst nimmt Gott aus seinen Theorien aus und beschreibt seine Ideen nur als den Versuch einen wesentlichen Teil von Gottes wunderbarer Schöpfung zu erklären und wieder ein Stück gefunden zu haben um zu erklären wie Gott das gemacht hat. Wir könnten der Seele auf der Spur sein. Etwas was viele Mediziner in den letzten Jahrhunderten immer wieder versucht haben. Aber es konnte nach vielen Irrungen kein Organ gefunden werden, das mit der Seele in Beziehung steht. Selbst die heutige Auffassung die Seele, falls es sie denn gibt, sitze im Gehirn erscheint unsinnig, wurde sie doch auch dort nicht gefunden." "Und was soll das jetzt bei der Bekämpfung des Antichristen bewirken?" "Ich glaube, dass Dr. Franke da noch ein paar gute Ideen hat. Aber damit ist er noch nicht an´s Tageslicht getreten." "Sie sitzen also einem Betrüger auf, eure Heiligkeit? Wie sonst wäre zu erklären, dass er mit solchen Informationen hinter dem Berg hält?" "Wenn Sie wüßten, was ich in den letzten paar Tagen erlernen mußte würden Sie das nicht fragen. Schneller geht das nicht. Und damit beende ich jetzt die heutige Diskussion. Für Sie sicherlich unbefriedigend werden Sie einfach noch ein paar Tage abwarten müssen bis ich mir ein vollständiges Bild machen konnte. Ich bin aber sehr zuversichtlich!"

Lauter Protest brandete auf. Geduld ist auch in diesem hohen Haus keine häufig anzutreffende Tugend. Aber der Papst erhob sich und ging. Irgendwie hat der Kamerlengo mitbekommen, dass er die Tür wieder aufsperren muss, den er konnte ohne zu warten den Raum verlassen.

Das Schnitzel schmeckte hervorragend. Obwohl ich

sonst nicht gerade ein Schnitzelfan bin war das doch das erste anständige Essen seit einigen Tagen. Mein Übersetzer gesellte sich zu mir an den Tisch. "Mahlzeit" "Mahlzeit - ich hatte gehofft, dass Sie mit in die Klausur gehen um Ihren Chef bei der Diskussion zu unterstützen" sagte ich. "Das erlaubt die Etikette nicht. Da dürfen nur Kardinäle rein" bekam ich zur Antwort. "Na hoffentlich geht die Welt nicht wegen der vatikanischen Etikette vor die Hunde. Ich glaube das würde mich doch ziemlich verärgern" gab ich zurück. Er aber winkte ab. "Seine Heiligkeit weiß sich schon zu behaupten. Da hab´ ich keine Bedenken." "Verbum tuo in meato accustico dei" feixte ich, meine nicht vorhandenen Lateinkenntnisse nutzend, zurück und versuchte ihm damit "Dein Wort in Gottes Gehörgang" zu sagen.

Danke Gott, dass er zu verstehen scheint. Du weisst sicher was Du machst, sonst wäre ich nicht soweit gekommen. Bitte lass diesen Weg der richtige sein. Lass uns erfolgreich sein.

Die Andacht am nächsten Abend war vorbei. Das Gespräch beim Abendessen kreiste um die Ungedult der Kardinäle, und um deren ablehnende Haltung. Trotzdem wünschte der Papst unsere Unterhaltungen fortzusetzen. Er war überzeugt, das da noch was dabei herauskommt. Auch Benedikt war anwesend. Der emeritierte Papst zeigte unverholen seine Skepsis. Die Erklärungen des Physikpriesters schienen ihn nicht recht überzeugt zu haben. Aber das wird man sehen.

Am Kamin stand ein Sessel mehr. Ich hatte gebeten eine kleine Tischlampe auf mein Beistelltischchen zu stellen. Und ich hatte gebeten mich zu ignorieren falls ich noch mal nach einem Bier verlangen sollte.

"Euere Heiligkeiten" begann ich, wurde aber sofort unterbrochen. "Da haben wir hier nur einen. Monsignore reicht. Ich bin zurückgetreten." Ich werde mich in Zukunft auf ´Sie´ beschränken. Diese Etikette-Regeln machen mich ganz krank, und ich kenne sie nicht mal, und ich will sie auch gar nicht kennen lernen. "´tschuldigung" sagte ich.

"Wir waren gestern bei den n-Branen. Ist Ihnen das Konzept so-weit geläufig?" fragte ich in beide Richtungen.

Beide nickten langsam und würdevoll. "Jetzt schauen wir uns ein paar physikalische Phänomene an, die uns im Alltag begegnen, die mir aber noch kein Physiker hinreichend erklären konnte." Ich griff zur Lampe auf meinem Tisch und schaltete sie ein. Sie blieb dunkel. "Vorführeffekt" stellte ich resigniert fest, und bat den Stecker in eine Steckdose zu stecken. Überraschung - sie leuchtete. "Warum leuchtet die Lampe?" "Weil Strom durch einen Glühfaden fließt" gab der Expapst einigermasen angenervt von sich. Unbeirrt fuhr ich fort "und warum fließt da Strom?" "Weil ein elektrisches Feld an der Leitung anliegt!" bekam ich ungeduldig zurück. "Ok. Was ist ein Feld?" "Ein Raum in dem eine Kraft wirkt die auf die Elektronen einwirkt." Die Antwort kam schon langsamer. "In diesem Fall ja. Wie wirkt die Kraft? Sind da kleine Lassos die die Elektronen fangen und drann ziehen?" "Wohl kaum. Das ist halt elektrische Energie die durch die Leitungen fließt." Ha! Ich hatte ihn. "Lassen wir das mit der Lampe kurz mal" der Papst schaute immer noch ganz fasziniert die Lampe an und schüttelte plötzlich seine Gedanken ab. "Haben Sie eine Idee?" "Nicht wirklich, aber bestimmt ist da irgendeine n-Bran am Werk, die wenigstens eine Dimension mit unseren Dimensionen gemeinsam hat, sonst könnte sie hier bei uns nichts bewirken, und in den anderen Dimensionen fähig ist Zug auszuüben." "Sie haben heimlich geübt!" Ich grinste breit und freute mich, dass meine Erklärungen bisher auf so fruchtbaren Boden gefallen waren. Dabei schaute ich unseren Ex-Papst an. Der schaute etwas verstört. also fragte ich den Priester "gibt´s hier einen

Balkon?" "Äh ja. Gleich da drüben" "Solange seine Heiligkeit versucht das seiner Ex-Heiligkeit zu erklären könnte ich jetzt dringend eine Zigarette brauchen. Oder drei oder fünf." "Sie haben also doch ein Laster?" ließ sich Benedikt vernehmen. "Nicht nur eines, aber dafür hab´ ich den zweier Führerschein gemacht, damit ich auch Laster fahren darf. Viel Spaß bei dem Versuch dieses Wortspiel zu über-setzen!" Ich lächelte fast im Kreis, leider waren die Ohren dabei im Weg, und ging zum Balkon um mich nach drausen zu begeben. Nach zehn Minuten kam ich zurück und fragte "alle Klarheiten beseitigt?" Alle drei nickten mir zu. Auf meinem Beistelltisch stand ein Weißbier. Ex-Heiligkeit hatte es bestellt. "Mir war zu Ohren gekommen, dass Sie das italienische Bier gestern schlecht vertragen haben. Aber ein Bier aus meiner alten Heimat... Soweit sind Sie von da ja gar nicht weg." "Ja. Wir Franken werden häufig unterschätzt. Vielen Dank!" Er fing an mich ernst zu nehmen. "Ich vermute das Konzept ist einiger-masen klar, wenn auch total fantastisch." Alle nickten. Ich kramte in meiner Aktentasche und holte zwei Magnete heraus. "Nur noch ein Beispiel für das was ich meine." Ich legte beide Magnete in geringem Abstand nebeneinander auf den Tisch und ließ sie los. Wie erwartet bewegten sie sich aufeinander zu und stießen mit einem lauten Klack aufeinander. Na ja. Nicht ganz aufeinander. Ein Stück Tischdecke klemmte dazwischen das sich bei ihrer Bewegung als Falte gebildet hatte. "Ich habe mich mal mit einem Max-Plank Physiker während eines Urlaubs unterhalten. Der forscht auf dem Gebiet des Magnetismus.

Als ich ihn nach dem ´was ist dieses magnetische Feld überhaupt?´ fragte meinte er das wäre die Summe der Spins der Hüllen-elektronen des magnetischen Materials. Ok. Lassen wir die Elektronen rotieren. Alle im Gleichtakt. Und wie teilen sie das nach außen mit? Da komm ich ohne meine n-Branen in anderen Dimensionen nicht rum." Alle schauten fasziniert und gleich-zeitig skeptisch. "Wie Ihnen unser Dolmetscher bestätigen kann bewege ich mich gerade über die Lehrmeinung hinaus und komme in den Bereich von unbegründeten Theorien. Aber es dürfte noch nicht widerlegbar sein." Der Priester bestätigte das auf Italienisch, sodaß alle Anwesenden, außer mir seinen Kommentar verstanden. Sehr ablehnend kann er aber nicht gewesen sein den beide Päpste forderten mich auf fortzufahren. Nach einem Schluck Weißbier begann ich "jetzt wird´s aben-teuerlich. Wir Menschen sind aus Materie gemacht, die es in diesem Universum gibt. Alles an unserem Körper was in den ersten drei Dimensionen existiert sehen wir, wenn wir ein Ana-tomiebuch aufschlagen. Feinheiten finden wir in der Biochemie und Physiologie. Und trotzdem gibt´s Ärzte die die Seele be-handeln. Psychiater. Wir alle erfahren täglich, dass es die Seele gibt. Wenn wir uns verlieben, wenn wir schlecht oder gut drauf sind, wenn wir Depressionen haben, wenn wir jemanden hassen. Dieses Ding Seele hat also Einfluß auf uns. Ja es ist sogar ein sehr wichtiger Bestandteil von uns. Wir finden es aber nicht. Könnte diese Seele aus n-Branen bestehen die nur eine Dimension mit unserem Raum gemeinsam haben, sich damit in uns verankert, aber unsichtbar ist; damit Einfluß auf unser Leben nimmt aber für ihre Aktivität in anderen Dimensionen schwingt?" "Jetzt wird´s theologisch! Da sind Sie wohl nicht der Fachmann." "Darum haben wir Sie ja dabei, Monsignore!" Der Papst schaute sehr nachdenklich "Wenn dem so ist, und ich betone dieses ´wenn´, dann hätten wir doch über unsere Seelen einen Zugang in diese anderen Welten." "In alle, die von den Dimensionen der n-Branen, aus denen unsere Seele besteht, berührt werden. Aber auch umgekehrt. Irgendetwas, was da drüben ist hätte auch Zugang zu uns!"

„Gut. Trotzdem bleibt aber noch die Frage woher die Energie kommen soll, die hier etwas bewirkt." Ließ sich das Kirchenoberhaupt vernehmen. „Da werden Sie mich jetzt gar nicht mehr mögen." Ich hatte gehofft, dass die Frage nicht auftaucht, aber der Pontifex machte seinem Titel alle Ehre und schlug auch gedankliche Brücken bei wissenschaftlichen Fragen. „ Alles in unserem Universum strebt einem Zustand maximaler Unordnung entgegen. Energien sind zwar ineinander umwandelbar aber ein Teil verabschiedet sich immer in eine minderwertige Energieform. Das ist der Teil der uns beim Wirkungsgrad zu 100 Prozent fehlt. Die minderwertigste Energieform ist die Entropie. Trotzdem sehen wir eine Evolution die zu mehr Ordnung führt. Aus Elementarteilchen werden einfache Atome, aus diesen kompliziertere Atome, die schließen sich zu Molekülen zusammen. Diese Moleküle und Atome bilden schließlich Sonnen, Planeten, Sonnensysteme und Galaxien die sich wieder zu Galaxienhaufen organisieren. Ein Teil der Energie, die hier wirkt ist die Gravitation. Ein

Energiefeld das ganz ähnlich wie das elektrische oder das magnetische Feld funktioniert. Und um das ganze noch verrückter zu machen. Zur Gravitation fehlt uns noch die Gegenkraft. Da gibt es eine theoretische Spur. Die stärksten Gravitationsquellen, die wir kennen sind schwarze Löcher. Als Gedankenexperiment gibt es auch das Gegenteil davon – weiße Löcher. Die sind dauernd damit beschäftigt Masse in Form Energie, was nach Einstein's e=mc² das gleiche ist, auszuwerfen. Und schließlich organisieren sich aus einfachen Molekülen Zellen die sich zu komplexeren Lebens-formen entwickeln. Es gibt also offensichtlich auch das Gegenteil von Entropie, also Negentropie. Eine Energieform die sich dem Chaos entgegen stemmt und zu Ordnung führt. Das muss eine schöpferische Kraft sein, die uns umgibt. Sie könnte in unserem Universum verteilt sein und als dunkle Materie oder dunkle Energie vorliegen, wobei dunkel hier nur die Tatsache bezeichnet, dass wir sie nicht sehen können. Das hat nichts mit deren Eigenschaften zu tun. Vielleicht können wir sie auch nur deshalb nicht sehen, weil sie nur in den anderen Dimensionen sichtbar vorliegt, in die uns geläufigen Dimensionen aber hinein wirkt. Die alten Babylonier hatten dafür auch schon ein Wort: Vri il, was soviel heißt wie göttliche Kraft. Diese Vri il müsste die Gegenkraft zur Gravitation aus den weißen Löchern sein. Und um mich jetzt ganz unmöglich zu machen – die Nazis in Deutschland versuchten diese Kraft für sich nutzbar zu machen, sind aber Gott sei Dank gescheitert. Vielleicht finden Sie in den vatikanischen Archiven bei Papst Pius VI Aufzeichnungen über die Thule Gesellschaft oder die Vril Gesellschaft. Da können Sie mehr darüber lesen."

"Jetzt sollten wir für heute Schluß machen. Das ist ganz schwerer Tobak. Ich werde erst mal die vatikanischen Bibliotheken aufsuchen müssen und alte Schriften welzen. Könnten wir uns morgen wieder treffen?" fragte der emeritierte Papst. "Gerne" sagte ich. Das Kirchenoberhaupt stimmte zu, ermahnte uns aber "träumen Sie alle nicht zu viel davon, damit unsere Seelen den Plan nicht verraten." "Welchen Plan?" fragte ich mich. Noch haben wir keinen...

"Ich habe einige Stunden in der Bibliothek zugebracht. Habe mir verschiedene Berichte über alte und moderne Mythen angesehen. Es könnte stimmen" sagte der Expapst zum Papst. "Wir haben durch die Jahrhunderte immer wieder Dämonen exorziert. Das Ritual ist eine Meditation. Gebete und Formeln werden mandraartig vom Exorzisten aufgesagt bis er in eine Art Trance fällt. Sind es gar nicht die Worte die uns Kontakt zum Dämon aufbauen lassen, sondern der tranceartige Zustand in den der Priester fällt und dann, gefestigt durch seinen Glauben, dem Dämon so lange zusetzt bis er von der Seele seines Opfers ablässt? Könnten wir auch mandraartig das Wort Käsekuchen wiederholen?" "Wahrscheinlich ja. Aber Gebete festigen doch den Glauben des Exorzisten mehr als das Wort Käsekuchen und können damit verhindern, dass dieser Schaden an seiner Seele oder seinem Leib nimmt." "Menschen mit Stigmata. Können die sich die Wundmale Christi so stark einbilden das ihre Seele auf dem Umweg über andere Dimensionen wieder Einfluß auf ihren Körper nimmt? Oder die Hexen und Zauberer des Mittelalters. Konnten sie durch so große Konzentration ihre Seele veranlassen in den anderen Dimensionen Felder zu bilden die, ähnlich wie bei den beiden Magneten gestern, Gegenstände fliegen lassen? Levitation, Telepathie, Teleportation das wären alles plötzlich Phänomene über die wir nicht mehr ungläubig schmunzeln müssten. Moses als er das Rote Meer teilte, Jesus der über's Wasser ging oder Wasser in Wein verwandelte. Na ja - das dürfte eher schwierig sein. Lazarus..." "Stopp! Tote aus dem Toten-reich zurückholen wird so nicht gehen. Wenn der Körper tot ist hat die Seele keinen Halt mehr darin, darum ist man ja gestorben. Wie soll die Seele dann in diesen Körper zurück?" gab der Papst zu bedenken. "Stimmt! Trotzdem öffnet sich da ein riesiges Forschungsfeld nicht nur für die weltliche Wissenschaft, auch für die Theologie, das uns die nächsten Jahrhunderte beschäftigen dürfte."

"Können sich in diesen anderen Dimensionen ganze Welten verbergen? Gibt es das britische Avalon, das irische Tirnanogh oder das chinesische Shangrilah wirk-lich? Das Paradies, die Hölle, ..." "Von diesen Welten könnten wir nichts wissen, wenn es nicht jemand berichtet hätte. Gibt es also auch Wege dahin?" erwiederte der emer-itierte Papst. "Mir brummt der Schädel!" fügte er hinzu. "Mir auch" kam die Antwort. Sie saßen noch lange schweigend zusammen, starrten in die Flammen des Ka-mins, hingen ihren Gedanken nach und tranken einen schweren Rotwein.

Der Kopf wurde ihnen mit der Zeit wieder leichter und sie beschlossen sich zur Ruhe zu begeben. "Laß uns mor-gen sehen was unser Tierarzt noch auf Lager hat!

-12- Der Plan

Guter Gott! Ist das wirklich der richtige Weg? Du würdest uns doch nicht in die Irre laufen lassen! Was bilde ich mir ein Deinen Willen zu kennen oder Deine Wege zu erkennen? Aber hilf uns bitte, dann wird es gut!

"Wie denken Sie können wir uns das bis jetzt Erörterte zu nutze machen?" übersetzte mein Dolmetscher.

"Gut. Zunächst mal ist das mit dem Wegsperren des Tieres nach dem Endkampf kein Problem. Wenn das Tier in einer andersdimensionalen Welt eingesperrt ist, ist der Begriff Zeit ohne Belang. Das Wegsperren kann gerade geschehen, gestern, vor 2000 Jahren oder in 5 Jahren oder alles zugleich. Genauso ist es mit dem Loslassen. Das einzige was sich in unsere Welt projeziert ist dieser 1000-Jahresrhythmus. Wie können wir jetzt da drüben eingreifen? Einen Weg kennt die Menschheit seit Jahrtausenden: das Gebet. Sie schauen gar nicht erstaunt? Ich dachte es kommt die Frage ob das alles ist was ich nach dem langen Vorspann zu bieten habe."

"Wir haben uns gestern beraten und haben nicht nur beschlossen Ihre Ausführungen für zumindest möglich zu halten. Wir haben uns auch Gedanken gemacht über eine nutzbringende Anwendung. Dabei kam uns der Exorzismus in den Sinn, den wir bei Besessenen anwenden. Es kann sein, dass der Exorzist mit Hilfe des Gebetes mit seiner Seele Kontakt zu Gott aufnimmt und in den anderen Dimensionen den Dämon mit Gottes Hilfe besiegt."

"Sehr gut. Das ist der erste Weg. Nur wird´s ein einzelner Exorzist nicht tun können. Seht Ihr eine Möglichkeit Kontakt mit den Führern aller Religionen aufzunehmen und einen konfessionsübergreifenden Weltgebetstag für den Frieden zu organisieren?" "Wenn´s weiter nichts ist" irgendwie klang das ein bisschen ironisch "wir werden unser bestes geben!"

"Der zweite Weg: Es muß einen Weg in diese Welten geben den man beschreiten kann. Mit Gottes Hilfe könnte es einer Gruppe von Reisenden gelingen das Loslassen des Tieres zu verhindern, oder wenigstens das Biest wieder einzusperren"

"Einen Weg kennen wir, der ist aber ziemlich endgültig." "Ich dachte da eher an eine körperliche Reise." "Wir haben nur wenig Berichte von Menschen denen das gelungen ist, und die sind sehr vage gehalten. Aber wir werden einen Trupp von Theologen und Wissenschaftlern daran setzen nach Wegen zu suchen."

"Der dritte Weg: Wir wissen, das diese Strings schwingen. Wenn sich das Böse in unsere Welt drängt, dann nur wenn sich die Schwingungen seiner Welt mit unseren Dimensionen überlagern. Wir müßten eine phasenverschobene Welle erzeugen die, auf die befallenen Menschen gerichtet, den Einfluß des Bösen auf die befallenen Seelen schwächt oder sogar aufhebt."

"Wie bitte? Und was für eine Art Schwingung soll das sein?"

"Wir haben zwei Arten von Feldern gesehen die in die anderen Dimensionen hineinreichen. Elektrische und magnetische Felder. Masse zur Krümmung der Raumzeit würde auch noch gehen. Aber woher nehmen wir schnell mal ein mittelgroßes Schwarzes Loch? Wenn wir unbedingt eine Raumzeitkrümmung brauchen hätte ich dazu auch noch eine Idee wie man das hilfsweise auch mit einem statischen elektrischen Feld hinbekommen könnte. Ob die Dimensionen die diese erreichen die richtigen sind weiß ich nicht. Aber was anderes haben wir nicht. Kennen Sie das Philadelphia Experiment?"

"Nie gehört."

"Verschwörungstheoretiker behaupten, dass die amerikanische Armee während des zweiten Weltkrieges an einer Tarnkappentechnologie arbeitete. Dabei sollen pulsierende Magnetfelder ein Schiff der Navy eingehüllt haben und dieses wurde tatsächlich unsichtbar. Aber das Experiment schlug fehl. Das Schiff konnte keiner mehr sehen, weil es nicht mehr da war. Es tauchte an verschiedenen Stellen kurzfristig auf und verschwand wieder. Als es entgültig wieder materialisierte soll sich die Materie so verschoben haben, das die Besatzung teilweise in den Wänden oder Böden steckte. Alles natürlich unter strengster Geheimhaltung. Und heute weiß keiner mehr was davon. Was wenn das Experiment wirklich stattgefunden hat?"

"Sie wollen also große Elektromagnete und/oder Kondensatorplatten aufstellen und die Terroristen mit elektrischen und/oder magnetischen Feldern beschießen?"

"Jep"

"Und welche Frequenz ..." Benedikt stockte mitten im Satz "... und seine Zahl ist eines Menschen Zahl. Und seine Zahl wird sein 666... ... ...und wo ist auch klar. Har magedon - Armagedon. Die Ebene von Meggedon. Hat mal jemand einen Atlas da? Das ist irgendwo in Syrien oder Jordanien."

"Wir müssen nur eines herauskriegen. Eine Frequenz ist immer Schwingungen pro Zeit. Und nachdem wir in unseren Dimensionen arbeiten müssen brauchen wir hier auch unseren Zeitbegriff. Wie sich das dann dort drüben auswirkt wissen wir nicht. Aber hoffentlich ziemlich zerstörerisch. Schwingungen kannten die alten Griechen schon, aber welcher Zeitbegriff war zur Zeit des Johannes gültig? War die Sekunde schon eine Sekunde? Setzen Sie da mal Ihre Historiker drann..." "zu Befehl!" lachte er mir entgegen "...oder brauchen wir ein biblisches, vieleicht sogar göttliches Zeitmaß. Sowas in der Art ´tausend Jahre sind vor Dir wie ein Tag´ oder so?"

"Es ist schon richtig? Wir nehmen alle drei Pläne in Angriff?" schob ich schnell noch als Frage nach. Ein zweistimmiges "Ja!" brandete mir entgegen.

-13- Die Überraschung

"Damit wäre unser Team vollständig." sagte der Papst. Ich schaute etwas erstaunt "Hä?", im Frankenlexikon ist dieses `hä?` beschrieben als kurzer bellender Laut, der in etwa der hochdeutschen Frage `wie bitte?` entspricht. "Wir suchen nur noch nach einem geeigneten Einstiegspunkt, oder Tor oder wie man das nennen mag" meine Frage wurde einfach ignoriert. "Die Idee mit der Seele als Verbindung zu anderen Welten hatte schon jemand." Jetzt war ich drann. "Nur nicht so wissenschaftlich erklärt wie Sie das getan haben" erklärte er. "Er ist ein Ägypter aus Luxor, der zwar auch die Idee hatte in diese Welten zu reisen um dort etwas zu bewirken, aber nur einen meditativen Zugang dorthin fand. Besonders leicht erschien es ihm sich im Karnaktempel von Luxor dorthin zu denken, sein Körper blieb aber immer hier womit seine Handlungsfähigkeit dort sehr eingeschränkt war. Schaffen wir es mit dem ganzen Körper dorthin zu reisen können wir viel mehr ausrichten. Und der Vorteil. Die Dimensionen in denen unsere Strings oder n-Branen schwingen dürften für eventuell dort lebende Wesen genauso unsichtbar sein wie sie für uns."

"Ach und Sie denken jetzt das man dieses Problem mit den pulsierenden Magnetfeldern vom Philadelphia Experiment lösen könnte?"

"Genau"

"Hätte ich doch nur die Klappe gehalten! Na da hoffe

ich mal das der vatikanische Geheimdienst... Sie haben doch sowas? ...gute Connections in die U.S.A. hat. Die Daten von damals wären vieleicht ganz hilfreich. Ein guter Tipp aus dem Kino: Amerikaner werden immer aktiv wenn man was von nationaler Sicherheit faselt. Hat mein designierter Partner da drüben schon was gesehen was uns helfen könnte?"

"Ja und nein. Er kommt jedesmal an einer anderen Ecke raus. Das Tier ist dort. Ansonsten jedesmal andere Gegenden mit anderen Wesen. Wir wissen nicht was davon real ist und was der Phantasie entspringt. Auf jeden Fall wird das eine ziemlich fantastische Reise für Sie beide bei der Sie sich durch suchen müssen. Zunächst suchen wir aber noch, wie vorhin erwähnt, ein geeignetes Tor. Sämtliche religiösen Führer dieser Welt durchforsten ihre heiligen Bücher und die Volkslegenden nach geeigneten Hinweisen."

"Ach ja. Erstens: wie heißt mein Partner eigentlich? Und zweitens: Ich hab die Hosen gestrichen voll. Ich hoffe Sie wissen was Sie da tun!"

"Zu erstens: Dr. Hassan Abdel. Er ist ein Ägyptologe und hat bisher Touristen durch Luxor geführt. Und ja. Er ist Moslem" nahm er meine nächste Frage vorweg. "Und zu zweitens: Sie wären ein Narr wenn Sie keine Angst hätten. Vertrauen Sie auf Gott und auf Ihr Wissen. Dann wird´s schon gut gehen."

"Naja - Sehr beruhigt hat mich das jetzt nicht. Nicht das

mit dem Moslem. Der Islam ist wie das Christentum eine Religion des Friedens. Muslime glauben auch an den einen Gott! Eher der Teil mit ´wird schon gut gehen´ war irgendwie nicht so sehr Vertrauen erweckend. Haben Sie ein Weißbier?"

"A salam u aleikum" rief mir der goldbraune, schlanke Ägypter entgegen der in den vatikanischen Gärten auf mich wartete. Er war geschätzte 40 Jahre alt und bibberte unter seinem Rollkragenpullover, der von einer dicken Bomberjacke bedeckt war. Januar in Europa ist einfach keine Jahreszeit für einen Ägypter. "U aleikum a salam" erwiederte ich den Friedensgruß. "Sie sprechen Arabisch?" "Nur sehr wenig" gab ich zurück. "Wir werden jetzt wohl einige Zeit oder auch Nichtzeit miteinander verbringen. Ich heiße Jan." "Mein Name ist Hassan, freut mich Sie kennen zu lernen." "Könnten wir das ´Gesietse´ nicht lassen. ´Du´ ist doch viel vertrauter, und ich befürchte das wir bei den kommenden Ereignissen sehr viel aufeinander vertrauen müssen." Hassan nickte. "Du hast Dich also auch für das Unternehmen Armagedon gemeldet?" "Unternehmen was?" fragte Hassan. "Armagedon. Das ist der Ort an dem nach der Bibel der Endkampf stattfinden soll." "Naja. Gemeldet sieht anders aus." Hassan sah nicht sehr glücklich aus. "Ich konnte mal wieder meine vorlaute Klappe nicht halten. Und schwupps fand ich mich an der Universität in Kairo wieder. Leider nicht in der archäologischen Fakultät, sondern in der theologischen. Das ganze nur weil ich im Tempel von Karnak eingeschlafen bin, etwas seltsames geträumt habe und bei meinem Hotscha rumquatschen musste." Ich bewundere diese ägyptischen Touristenführer. Astreines Deutsch. Das machte es mir bedeudent leichter. "Und irgendwie waren die Herren Professoren dort schon mit dem Vatikan in Verbindung wegen diesen

Terrorexzessen auf der ganzen Welt. Die planten da schon ein gemeinsammes Vorgehen. Deswegen hält sich die islamische Welt auch sehr bedeckt mit Äußerungen zum sogenannten islamistischen Terror. Die wollen den Feind nicht vorwarnen. Auf jeden Fall ist da irgendetwas übernatürliches im Gange und wie es aussieht sollen wir beide das wieder in's Lot bringen. Und wie bist Du da hinein geraten?" "Ich hab den Fehler gemacht mich für Quantenphysik zu interessieren. Und als ich dachte ein paar Sachen über Strings verstanden zu haben habe ich weitergesponnen. Immerhin bin ich doch nur ein popeliger Tierarzt. Deshalb haben mich bei meinen Phantasien diese ganzen ´so geht das nicht´ Phrasen der Lehrmeinung überhaupt nicht interessiert. Und plötzlich passte alles zusammen. In einem Anflug geistiger Umnachtung hab´ ich dann meine gesammelten, geistigen Ergüsse an den Papst geschrieben - tja und jetzt steck ich in der Sch..." "...eise" vollendete Hassan meinen Satz. "Na dann auf gutes Gelingen, inch Allah!" "Inch Allah, wir sehen uns später." "Noch wissen wir wenigstens was ´Später´ ist" sagte ich in einem Anflug von Verzweiflung. "Maa salama Jan - geh in Frieden!" "Allah isalmak Hassan - Gott segne Dich!"

Wir gingen zunächst beide unserer Wege. Morgen würden wir mit den Vorbereitungen für unsere Reise beginnen.

-14- Die Entscheidung

"Monsignores!" Die Sixtinische Kapelle war erfüllt von Lärm und von durcheinander laufenden, teilweise erbost blickenden Kardinälen. Irgendwie war durchgesickert, dass der Papst heute seine Entscheidung verkünden würde. Und das obwohl sie noch nicht einmal die Diskussion zu Ende geführt hatten. Nach dem siebten oder achten "Monsignores! Silencium!" legte sich die Geräuschkulisse. "Nehmen Sie Platz!" Die Kardinäle gehorchten wiederwillig. Als alle saßen fuhr der Kamerlengo fort "Monsignores! Seine Heiligkeit hat Sie heute zusammengerufen um Ihnen seine Entscheidung mitzuteilen." Unwilliges Ge-murmel kochte hoch. "Silencio!" Die Kardinäle beruhigten sich wieder. "In Rücksprache mit seiner Heiligkeit Benedikt hat er sich durchgerungen ihnen heute seine Entscheidungen mitzuteilen. Eine weitere Diskussion wird es nicht geben! Alle Aspekte der bisherigen Diskussion wurden berücksicht und in ein weltumfassendes Projekt eingebettet!" Es erhob sich erneut ein leises Raunen, das aber eher einem großen, flammenden Fragezeichen glich, welches hoch über den Köpfen der Anwesenden im Raum stand. Der Kamerlengo verlies wieder den Raum, versperrte die Tür und postierte wieder zwei, in Landsknechtuniformen des späten Mittelalters gekleidete Wachen davor.

Der Papst saß auf seinem Sessel vor Michelangelo´s Wandgemälde, welches die ganze schmale Seite der Kapelle einnahm. Er rührte sich nicht und sagte auch nichts. Zwei Männer im schwarzen Anzug und mit weißen

Hemden gingen durch den Raum und an den Wänden entlang. In der Hand hatten Sie irgendwelche Geräte mit denen sie jeden Punkt des Raumes untersuchten. Als sie sich seiner Heiligkeit näherten brauste wieder Protest unter den Kardinälen auf, welchen der Papst mit einem legeren Abwinken besänftigte. So liesen es die Anwesenden auch zu selbst untersucht zu werden. Etwa eine Stunde dauerte diese Prozedur, dann stellten sich die beiden Herren in die beiden hintersten Ecken der Kapelle und nickten seiner Heiligkeit zu. Der erhob sich und begann: "Ich möchte mich für die Unannehmlichkeiten entschuldigen, die Sie durch die gerade stattgefundene Untersuchung hatten. Aber wir wissen jetzt, dass sich im Raum keinerlei Abhöreinrichtungen befinden. Das, was ich Ihnen heute mitzuteilen habe darf diesen Raum niemals verlassen. Ich erinnere Sie dabei auch an Ihren Amtseid, mit dem ich Sie heute zu absolutem Stillschweigen verpflichte! Wer sich unter Ihnen nicht in der Lage fühlt, oder auch nur leiseste Zweifel hegt ob er diese Verschwiegenheit garantieren kann möge sich jetzt, ohne Verlust seines Ansehens, erheben und den Raum verlassen. Alle die bleiben haben, unter Androhung der Exkommunikation, diese Geheimhaltungspflicht zu erfüllen. Wohl und Wehe der gesammten Menschheit, ja des ganzen Erdenrundes hängt davon ab." Zwei Personen standen auf, traten in die Mitte der Kapelle und knieten nieder, bekreuzigten sich und gingen zur Tür. Der Sicherheitsbeamte der der Tür am nächsten war klopfte in einem seltsamen Rhythmus. Dreimaliges

Klopfen von Außen kam als Antwort. Nach langen Minuten hörte man wie der Schlüssel in´s Schloß gesteckt und umgedreht wurde. Die beiden Kardinäle verließen den Raum. Die Tür wurde geschlossen und abgesperrt. Sicherheit ist ja in Ordnung, aber dass nach dem Öffnen der Tür die einstündige Dursuchung wiederholt wurde schien doch etwas übertrieben und wurde von den Anwesenden mit unwilligem Stöhnen quittiert.

Der Papst begann eine Messe zu zelebrieren um die Anwesenden auf das Folgende einzustimmen. Natürlich in lateinischer Sprache was den feierlichen und mystischen Hintergrund des Anliegens aller Anwesenden unterstrich. Der emeritierte Papst fungierte als Konzelebrant, was dem Geschehen eine nahezu unvorstellbare Bedeutung verlieh.

Die Messe ging zu Ende und nachdem alle Kardinäle die Kommunion empfangen hatten und der Papst den Segen, unter dessen Schutz er das kommende Unterfangen stellte, erteilt hatte setzten sich alle wieder hin.

"Monsignores! Wir haben uns entschlossen das geballte Auf-treten von exzessiver, ja geradezu teuflischer Gewalt nicht als zufällige Anhäufung sondern als das Eindringen des Bösen in unsere Welt anzusehen. Ihnen allen ist der Tausendjahresrhythmus aus der Offenbarung des Johannes geläufig. Das Problem mit der Tatsache, dass das Tier erst nach dem Endkampf weggesperrt wird konnten wir mit externer Hilfe unter Anwendung wissenschaftlicher Theorien beseitigen.

Wir sind überzeugt, dass es den Menschen gelingen kann dieser Gefahr die Stirn zu bieten. Wenn möglichst viele, am besten alle Menschen den Frieden sehnlichst, von ganzem Herzen, von ganzer Seele und mit all ihrer Kraft wünschen können wir dem Antichristen den Boden entziehen. Deshalb ist es unser Wunsch, den Argumenten derer die eine weltliche Lösung anstreben zu folgen und ordnen an das ein konfessionsüber-greifender Weltgebetstag für den Frieden einberufen wird."

"Und deshalb diese ganze Geheimhaltung?" dem Kardinal fiel es schwer die Fassung zu bewahren. "'tschuldigung!" stammelte er leiser und setzte sich wieder hin.

Der Papst fuhr unbeirrt fort: "Wir haben deshalb Kontakt aufgenommen zu allen spirituellen Führern der Religionen und zu allen Regierungen dieser Welt. Deren Seelsorger beginnen schon Ihre Schäfchen auf dieses große, spirituelle Ereignis vorzubereiten. Meditationskurse werden in den Gemeinden abgehalten. Senioreneinrichtungen auf der ganzen Welt beten schon um Erleuchtung für den Weg zum Frieden. Firmen verpflichten ihre Mitarbeiter zu meditativen Ausgleichssportarten als Gegenpunkt zum Stress der Arbeit. Und so weiter."

"Und wann soll das ganze stattfinden?" fragte der etwas hitzköpfige Kardinal von eben.

"Das wissen wir noch nicht. Wir müssen das ganze noch mit anderen Aktivitäten koordinieren. Aber vergessen Sie bitte nicht: Ich bin hier um Ihnen meine Entscheidungen mitzuteilen, nicht um mit Ihnen zu diskutieren! Geduld und Gehorsam sind Tugenden die ich Ihnen allen heute und in naher Zukunft bedingungslos abverlangen muss!"

Der Angesprochene setzte sich wieder. "Für die Wissenschaftler unter Ihnen gehen wir einen zweiten Weg. Wir haben ernst zu nehmende Theorien entwickelt die darauf hinweisen, dass das Böse, das Tier, der Antichrist Schwingungen bisher noch unbekannter Art benutzt um in die Seelen von Menschen einzudringen, diese zu vergiften und damit zu diesen Gewalttaten zu verführen. Wir beabsichtigen nach genauerer Analyse dessen was wir Beobachten können Geräte zu entwickeln die Wellen abgeben, die mit diesen Schwingungen interferieren und diese damit auslöschen"

Die Zuhörer saßen mit offenen Mündern da und schauten als ob ihnen jemand im Kino bei einem schlechten Science Fiction Film das Popcorn geklaut hätte.

Dieses ungläubige Schweigen nutzte der Papst um gleich weiter zu machen. "Und dann haben wir noch etwas für die Mystiker unter Ihnen. In einem dritten Angriff werden wir zwei Reisende in die Welt des Dämons schicken, die diesen entweder vernichten oder wenigstens wieder wegsperren sollen."

Jetzt hatte auch noch jemand die Kola der Kinozuschauer umgeschüttet.

Der Papst lies seine Worte wirken. Das mussten die Herren erst mal verdauen. Wie sollten sie auch in so kurzer Zeit verstehen und akzeptieren was er sich eine Woche lang hat erklären lassen müssen. Er war auch nicht bereit sie mit den wissenschaftlichen Details vertraut zu machen. Und er selbst wusste ja auch noch nicht ob das nicht alles Fantastereien sind. Er hat sich nur dazu durchgerungen weil ihm eines klar war: schaden kann´s nicht. Und im Falle eines Fehlschlages würde die bedingungslose Verschwiegenheit der Kardinäle jeden Schaden vom Image der Kirche fernhalten. Er rügte sich selbst. Wo war sein Gottvertrauen. Sie wären nie soweit gekommen, wenn Gott das nicht für den, oder zumindest für einen, gangbaren Weg hielt. Und mit Gottes Hilfe, derer er sich jetzt wieder sicher war, würden sie in dem Kampf siegen!

"Highway to hell" seine Gedanken wurden unterbrochen. Dieser Klingelton kam zum unpassendsten Zeitpunkt. Oder vieleicht doch nicht? Irgendwie war das Unternehmen Armagedon genau das: der ´Highway to hell´.

Der arme Verursacher dieser Störung war aufgesprungen und hob wieder sein Zelebrantenröckchen unter dem er sein Handy vermutete. Er fand es nicht. Dann begann er hektisch seine rituelle Oberbekleidung abzulegen auf der Suche nach dem Störenfried. Das Handy fiel aus einer Tasche und schlitterte über den Marmorboden, während es, um seine eigene Achse rotierend, "I´m on a Highway to hell" von sich gab. Ganz schön robust, die

Dinger. Einer der Sicherheitsbeamten beendete die Schlittenfahrt des mobilen Ärgernisses mit einem gekonnten Sidestep. Ein Knacken verriet, dass der Download der neuesten Spider-App auf dem Gerät jetzt abgeschlossen war. An diesem, in Spinnennetzart gesprungenen, Glas konnte man sich aber nicht lange erfreuen denn ein, dem Knacken folgendes, eher knirschendes Geräusch lies die Musik ersterben und das Gerät löste sich mit einem letzten "Piep" in seine Bestandteile auf. Doch nicht so robust. Man muß aber anerkennend anmerken, dass die Akkustik der Sixtinischen Kapelle der Akkustik bei einem modernen Rockkonzert in nichts nachsteht.

-15- Die Augen der Seele

Der Dalai Lama landete gerade in Rom zu einem Staatsbesuch bei der italienischen Regierung. Ein komfortables Zimmer in einem der schicksten Hotels der Stadt hatte er dankend abgelehnt und bat darum in einer Mönchszelle des vatikanischen Klosters untergebracht zu werden. Unauffälliger ging´s kaum. Zwei hohe Würdenträger des schiitischen und des sunnitischen Islam hatten sich zu Verständigungsgesprechen selbst eingeladen und den Vatikan darum gebeten die Rolle des Moderators zu übernehmen. Perfekt! An diesem Abend war der Platz vor dem Kamin ziemlich überfüllt. Für jeden der Teilnehmer gab es auch gleich mehrere Simultandolmetscher die hinter ihm sassen. Schließlich musste Deutsch auf Italienisch, Arabisch, Farsi und tibetisches Sanskrit übersetzt werden und das ganze auch noch zwischen den ganzen anderen Sprachen. Eventuelle Englischkenntnisse der Teilnehmer wurden ignoriert, da man Ungenauigkeiten die zwangsweise bei jeder Übersetzung auftreten nicht auch noch auf dem Umweg über eine zusätzliche Sprache verstärken wollte. Heute kam es auf größtmögliche Genauigkeit an.

Ich wurde gebeten die Anwesenden genauso wie den Papst vor zwei Wochen in meine Gedanken einzuführen. Gott sei Dank liebe ich diesen ägyptischen Tee. Hassan wurde dazugerufen um mit meiner Theorie vertraut zu werden. Schliesslich mussten wir zusammen in die Hölle. Ich versuchte eine Kurzfassung der Erklärung abzugeben, aber noch kürzer als die Fassung von vor 14 Tagen ging einfach nicht. Die drei Muslime folgten meinen Worten sehr verständig, was wohl daran liegt das der Islam schon immer ein Förderer der Wissenschaften war. Unter seinem Einfluß blühte die Medizin, Astrologie und Astronomie in einem unbeschreiblichen Ausmass während im christlichen Europa die Scheiterhaufen die dunkelste Zeit des Mittelalters beleuchteten und Muslime als Heiden bezeichnet wurden. Man könnte fast meinen Lesen und Schreiben wäre zu dieser Zeit bei uns verboten gewesen, sonst hätte sich jemand mal die Mühe gemacht den Koran zu lesen und zu sehen, dass wir an den selben Gott glauben.

Ich kam mir vor wie Sheherazade die die´Märchen aus Tausend und einer Nacht´ schuf indem sie Abend für Abend ihren Angetrauten, den Kalifen, mit Geschichten unterhalten musste, damit sie nicht den Kopf verlor.

Am Ende der Woche wussten alle was ich mir unter Strings und n-Branen vorstelle und wie wir beabsichtigten damit die Welt zu retten.

Die islamischen Würdenträger nickten gefällig. Der Dalai Lama fragte. "Und wann kommen die Neuigkeiten?" Alle Köpfe wanden sich, allerdings etwas zeitverzögert wegen der unterschiedlichen Dauer der Übersetzungen und damit leider nicht synchron, zu ihm hin. Synchron hätte das viel dramatischer gewirkt.

"Was Sie beschrieben haben sind die Grundzüge des Wesens der Welt. Während meiner Novizenzeit brachte mir das mein Lama durch lange Unterhaltungen und Meditationen bei. Sie haben es nur in Worte gefasst, wenn auch sehr umständlich. Aber das ist wohl der Weg der Wissenschaften. Wenn der auch zur Erkenntniss führt ist es ein guter Weg. Nicht jeder muss den Weg des Prinzen Sidarta gehen."

Hassan schilderte seine Bemühungen in dieses andere Reich vorzudringen. Er beschrieb den ersten Traum im Tempel von Karnak. Eine Welt in der ein siebenköpfiges Ungeheuer Angst und Schrecken verbreitet. Menschen, die alle seltsam ähnlich aussahen. Geflügelte Wesen, die irgendwie nicht in diese Welt gehörten aber die Menschen vor den Angriffen des Tieres schützten.

Er beschrieb wie ihn die islamische Fakultät an der kairoer Universität in die Türkei schickte, wo er im Kloster der tanzenden Derwische lernte in Trance zu fallen und dabei diese Welt wieder zu besuchen. Er kam dabei in Vulkanlandschaften, deren Berge Feuer spukten und in deren Täler Lavaströme flossen. Kreaturen die auf Felsvorsprüngen saßen und umherfliegende Geisterhafte Wesen die den Menschen aus dem Traum ähnlich waren, zu fangen versuchten und in die Lava warfen. Bei anderen Gelegenheiten kam er in blühende Landschaften. Grüne Täler umrahmt von schneebedeckten Gebirgen und überspannt von einem strahlend blauen Himmel mit Schäfchenwolken. Die gleichen, sich ähnelnden Menschen gingen ihrem Tagwerk nach, während die engelähnlichen Wesen unter ihnen waren. Auch die Kriegsszene aus seinem Traum in Karnak sah er immer wieder.

"Das sind alles Dinge die zugleich geschehen und nicht geschehen" ließ sich der Dalai Lama vernehmen. "Welche davon auf unserer Welt wahr werden hängt davon ab wie wir uns verhalten. Ich kann mich hier nicht so lange aufhalten ohne Argwohn in der Öffentlichkeit zu erregen, aber ich sende Ihnen einen meiner Lamas, der sie in den wichtigsten Fertigkeiten unterrichten wird. Wenn ich sie richtig verstehe beabsichtigen Sie diese beiden Männer in diese andere Welt zu schicken. Damit die sich dort zurechtfinden müssen sie lernen mit der Seele zu sehen."

Die Gäste verabschiedeten sich mit der Zusicherung einen Weltgebetstag voller inbrünstiger Gebete für den Frieden die aus der Seele kommen vorzubereiten.

-16- Der Magnet kippt

Professor Caluci vom seismologischen Institut traute seinen Augen nicht, als er die Grafiken sah. Seit wir es messen können wird das Magnetfeld der Erde durchgehend überwacht. Wir warten schon lange darauf das das Magnetfeld sich wieder mal umpolt, was vermutlich mit erheblichen Verwüstungen auf der Erde einhergehen würde. Zwar ist die Erde in dieser Zeit nicht gänzlich ungeschützt, weil sich viele, erheblich schwächere, Sekundärpole bilden bis der neue, umgepolte Zustand stabil ist, aber Plasmastürme der Sonne würden teilweise doch bis zum Boden gelangen und dort Lebewesen töten und unser Wetter ordentlich durcheinander bringen. Solche kleineren Sekundärpole konnten in den letzten Jahrzehnten immer wieder mal, mit steigender Tendenz gemessen werden. Aber noch war das ganze unbedenklich. Die ihm vorliegende Zusammenschau der letzten Jahrzehnte zeigte, dass diese Sekundärpole willkürlich über die Erdoberfläche verteilt waren. Bis auf einen. Im Süden Syriens zeigte sich immer wieder einer dieser Sekundärpole. Abwechselnd war es ein Nord- oder ein Südpol. Er war sehr schwach. Mehr eine kaum wahrzunehmende Eindellung oder Ausbuchtung in den Magnetfeldlinien, aber genau betrachtet konstant vorhanden. Er schnappte sich sein Laptop und begann einen Artikel für die online Ausgabe des Science Magazine zu schreiben. Als Dateianhang verpackt schickte er sein Machwerk auch gleich per E-mail los. Es war nur ein kurzer Aufsatz über seine Entdeckung, wurde aber, was er so gar nicht kannte, noch am selben

Abend von der Redaktion angenommen und online gestellt.

Am nächsten Mittag klopfte es an seiner Bürotür. Auf sein unfreundliches "Herein" wurde die Tür geöffnet und ein Priester in schwarzer Sutane und seinem breiten schwarzen Hut stand vor ihm. Ein bisschen sah er aus wie Don Camillo den Fernandell in diesen köstlichen Filmen von Guareschi über die Streitereien eines schlagkräftigen, italienischen Dorfpfarrers mit dem ebenso schlagkräftigen, sozialistischen Bürgermeister einer Kleinstadt in der Poebene darstellte.

"Professor Caluci?" fragte der Priester. "Sie wünschen?" antwortete der Professor schon freundlicher. Schliesslich konnte man einem Priester gegenüber nicht so unfreundlich sein. Insbesondere da er gerade in Scheidung lebte und seine streng katholische Frau täglich tränenüberströmt auf dem Kniebänkchen vor dem Standbild der Gottesmutter in der Kirche um die Ecke ihre Hosen beim Beten kaputt scheuerte und den Opferstock mit Münzgeld für die überteuerten Teelichter fütterte, die dort zum Verkauf angeboten wurden. Hatte nicht Jesus die Händler aus dem Tempel geworfen, damals in Jerusalem? Diese Passage übersehen die heutigen Pfarrer gerne, wenn sie abends ihr Kerzengeld auslehren, damit es nicht Nachts von Einbrechern geklaut wird. In was für Zeiten leben wir eigentlich? Sogar Kirchen werden geplündert. Er war ja nicht sehr gläubig, aber das ging zu weit. Es wird Zeit das die Regierung da endlich etwas unternimmt.

"Professor Caluci," setzte Don Camillo erneut an "den wissenschaftlichen Beratern seiner Heiligkeit fiel heute morgen ein Artikel auf, den Sie in der online Ausgabe des Science Magazine veröffentlicht haben." "Ja, und? Seit wann interessiert sich der Vatikan für Magnetfelder?" "Das zu erläutern steht mir nicht zu. Außerdem kann ich es auch gar nicht. Ich bin hier mit einer Botschaft seiner Heiligkeit die ich sie bitten soll sofort zu öffnen und zu lesen, damit ich Ihre geschätzte Antwort gleich wieder mitnehmen kann." "Scheint ja zu brennen. Setzen Sie sich doch bitte in mein Vorzimmer. Meine Sekretärin wird Ihnen einen Kaffee bringen während ich mich mit dem Schreiben befasse." "Sehr gerne. vielen Dank." Don Camillo verabschiedete sich in´s Vorzimmer, wo er sogleich einen Stuhl angeboten bekam und mit der Frage "Milch und Zucker?" begrüßt wurde. "Schwarz wie meine Sutane, bitte." "Na ob ich den so stark hinbekomme?" grinste die freundliche Sekretärin zurück und verschand durch die Tür.

Vatikanstadt, im Februar AD 2016

Sehr geehrter Herr Prof. Caluci,

ihr Aufsatz in der online Ausgabe des Science Magazine von gestern abend hat unsere Aufmerksamkeit erregt. Die von Ihnen aufgezeigten Daten sind so aktuell, dass es uns verwunderte wie schnell diese veröffentlicht wurden. Hier kann nur Gottes Fügung am Werk sein. Bitte glauben Sie uns, wenn wir ihnen sagen, dass es von eminenter Wichtigkeit für das Wohl der Menschheit und der gesamten Welt ist das Sie diesen Aufsatz schnellstmöglich zurückziehen. Am besten jetzt gleich, noch bevor Sie weiterlesen. ...

Was sollte das denn? Denken die, dass die Menschen jetzt in Panik ausbrechen, die Läden plündern, sich gegenseitig umbringen um sich dann in Höhlen zu verstecken und abzuwarten bis sich das Erdmagnetfeld in vieleicht tausend Jahren umpolt. Tausend Jahre? Naja es könnten auch zwei- oder dreitausend sein.

... Um Ihnen zu erläutern weshalb das Entfernen des Artikels so wichtig ist, und weshalb gerade dieser Artikel für uns so interessant ist bitten wir Sie sich so schnell wie es Ihnen möglich ist im Vatikan einzufinden. ...

Also gut. Irgendetwas scheint da am kochen zu sein. Tun wir den Herren den Gefallen. Wenn die mich veralbern kann ich den Artikel ja wieder hochladen. Und in meiner jetztigen Lage kann es nur von Vorteil sein sich mit dem Vatikan gut zu stellen. Der Computer war schon hochgefahren. Also schrieb er schnell eine weitere E-mail an die Redaktion, mit der Bitte den Artikel wieder, am besten spurlos, zu löschen. Ein kurzer Blick auf die Seite des Magazins zeigte, dass dieser Artikel auch erst zwei mal aufgerufen wurde. Viel Schaden konnte also nicht entstanden sein.

... Melden Sie sich bitte an der Grenze des Vatikan und zeigen Sie dieses Schreiben vor. Man weiß dort bescheid und wird Sie weiterleiden.

Hochachtungsvoll

Er betätigte die Gegensprechanlage und sagte seiner Sekretärin sie möge alle Termine für heute Nachmittag absagen und Hochwürden mitteilen, dass er am Nachmittag käme.

Die Wände des kleinen Raumes waren mit roten Tüchern verhängt. Auf einem altersschwachen Stuhl saß ein ebenso altersschwacher, glatzköpfiger Mann im gelben Gewand eines buddhistischen Mönches mit einer Schale Reis, aus der er mit den Fingern aß. Neben ihm stand ein kleiner Kohlekessel aus dessen Inneren Rauchschwaden aufstiegen. Ein Fenster war geöffnet, und der laue Frühlingswind verfing sich in den roten Tüchern, die sich dadurch leicht aufplusterten und der ganzen Szenerie eine unwirkliche, friedliche Aura verliehen. Hassan und ich standen vor der geschlossenen Tür, durch die man schon den Weihrauch riechen konnte. "Jan," sagte Hassan "hat Deine Seele Augen?" Ich schaute ihn etwas verwirrt an "Wir sollen doch hier lernen mit der Seele zu sehen. Da frage ich mich ob die Seele Augen hat." "Ich glaube die meinen das anders. Eher sowas wie Du schon erlebt hast. Deine Träume, Deine Erfahrungen bei den Derwischen, sowas meinen die wohl." "Ja aber - was ist davon echt, und was dichtet meine Phantasie dazu?" "Genau das zu unterscheiden wird uns der Lama wohl beibringen wollen. Aber nach meinen Erfahrungen mit autogenem Training fürchte ich meine Seele bekommt da drinn eine gelbe Armbinde mit drei schwarzen Punkten verpasst. Vieleicht sogar mit einem schwarzen Gänsekopf - für ganz blind" Hassan lachte verhalten. "Dann muß ich für Dich halt den Blindenführer spielen. Das kenn ich noch aus meiner Jugend. Mein Onkel hatte sich Billharzhiose beim Baden im Nil eingefangen und wurde blind. Da hab ich ihm einen langen

Stock geschnitzt und hab ihn immer durch die Souks von Luxor geführt. Auf die Art kam er unter Menschen. Die Almosen, die ihm von gläubigen Muslimen aber manchmal auch von Touristen gegeben wurden bekam am Abend immer ich als Taschengeld. Meine Mutter versorgte meinen Onkel mit Essen und wusch ihm die Wäsche. Mehr brauchte er nicht. Aber die täglichen Spaziergänge zu seinen Bekannten machten ihm viel Freude, und die wollte ich ihm ermöglichen."

Ich mochte diesen Hassan. Ein grundguter Kerl. Wir klopften an der Tür. Nichts geschah. Wir klopften noch mal etwas lauter. "Kommt schon rein" hörten wir eine sanfte, fröhliche Stimme. Wir öffneten die Tür und gingen hinein. Der Anblick war überwältigend einfach, aber überwältigend. Die Bewegung der Tür hatte den Luftzug verstärkt, so dass sich der Stoff an den Wänden mächtigt aufplusterte und unkontrolliert bewegte. Man hatte den Eindruck einen lebenden Raum zu betreten.

"Das habt Ihr sehr gut gemacht" sagte der Lama. "Die erste Lektion habt ihr schon gelernt." Hä?" Wir haben eine Tür aufgemacht. Das konnte ich vorher schon. "Ich bin Lama Maler. Schauen Sie nicht so verstört. Es gibt auch in Deutschland eine buddhistische Gemeinde. Uns kommt sehr zu gute, dass unser Hassan hier ein ausgezeichnetes Deutsch spricht. Außerdem sieht er schon mit seiner Seele. Er weiß nur noch nicht was. Bei Dir Jan werden wir etwas mehr Arbeit haben." Ich schaute beschämt zu Boden. "Nein nein. Nicht zu Herzen, und schon gar nicht zur Seele nehmen. Wir sind die, die wir sind. So hat uns Prajapati gemacht, so sollen wir sein. Und alles hat seinen Zweck." Mir begann jetzt schon der Schädel zu rotieren."Für eine mehrjährige Klosterzeit mit der entsprechenden Ausbildung haben wir leider die Zeit nicht. Schade. Ihr würdet so viel sehen und lernen. Aber deshalb kann ich auch nicht darauf warten bis Ihr selbst erkennt was Ihr gelernt habt. Ich muß Euch meine Erkenntnisse vermitteln, damit Ihr damit arbeiten könnt." Na das kann ja was werden, dachte ich. "Und Jan. Lass es einfach geschehen. Querstellen hilft nicht weiter. Sonst muss ich Deiner Seele doch eine gelbe Armbinde mit schwarzem Gänsekopf verbraten" feixte Lama Maler. Ich schaute wohl etwas erschrocken als ich fragte "können Sie Gedanken lesen?" "Nein, aber mit der Seele sehen..."

"Was genau" fragte Hassan "haben Sie gerade gemeint als Sie sagten wir hätten die erste Lektion schon gelernt?" Der Lama schaute gnädig. "Als Ihr vor der Tür standet habt Ihr den Weihrauch gerochen. Obwohl die Tür zu war. Und auch luftdicht schliesst. Als Ihr den Raum betreten habt hattet Ihr das Gefühl als ob das Zimmer leben würde. Da habt Ihr mit Eurer Seele gesehen. Unsere Aufgabe ist es dieses Sehen zu trainieren und zu lernen Phantasie von Realität zu trennen. Damit müsstet Ihr in der anderen Welt zurecht kommen, zumal ein paar Dinge dort mit unseren normalen Sinnen auch zu erkennen sind. Sie sehen nur anders aus. Hattet Ihr schon mal das Gefühl beobachtet zu werden, obwohl Ihr niemanden seht? Bei diesen Ereignissen sieht auch Eure Seele. Ach ja: Der Weihrauchduft war

Realität, das lebende Zimmer Phantasie."

Ich begann eine Idee von dem zu bekommen, was ich hier lernen sollte. Hassan schaute auch als ob ihm ein Stein vom Herzen gefallen sei.

"Professor Caluci! Seien Sie mir gegrüßt!" Der junge Mann in Jeans und einem selbstgestrikten Norwegerpullover stolperte über seine Birkenstockschlappen und verschüttete fast seinen Kräutertee als er hinter seinem Computer vom Stuhl hochsprang und dem ankommenden Professor die Hand zum Gruß entgegenstreckte. Sein roter Haargummi, mit dem er sein langes, braunes Haar zu einem Pferdeschwanz gebunden hatte rutschte von den Haaren, welche sofort wie ein Vorhang nach vorne fielen und sein Gesicht, wie am Ende eines Theaterstückes, verschwinden liesen. Nachdem er die Haarenden aus seiner Teetasse geangelt hatte streifte er sie mit den Fingern aus, befestigte sie wieder mittels seines Haargummis am Hinterkopf und wischte sich die Finger an seiner Jeans ab. Der Professor zeigte sich ob solcher Tölpelhaftigkeit wenig angetan, sagte aber nichts weiter. "Bitte setzen Sie sich Herr Professor." Er zog einen Stuhl zu seinem Computer. "Sie haben doch hoffentlich Ihre Daten mitgebracht?" "Ja schon. Zunächst möchte ich aber wissen weshalb ich meinen Artikel zurückziehen musste, und was ich überhaupt hier soll."

"Diese Fragen werde wohl ich beantworten müssen, Herr Professor." Ein jüngerer Mann näherte sich von hinten. Er war im Kardinalsgewand und reichte dem Professor die Hand zum Gruß. "Wenn Sie mir bitte folgen wollen. Ich entschuldige mich für meine Verspätung. Das was wir zu besprechen haben ist nicht für jedermann´s Ohren bestimmt." Der Professor erhob sich wieder, wünschte dem Pferdeschwanz noch einen schönen Tag und folgte dem Kardinal. In dessen Büro angekommen begann der Kardinal "Ich muss Sie leider um Ihr absolutes Stillschweigen über das bitten, was Sie hier erfahren werden. Die Welt ist in ernster Gefahr."

"7969,80555 Stunden. Was ist den das für eine Kackzahl!" erregte sich der Pferdeschwanz. "An die Impulsivität und Ausdrucksweise der heutigen Jugend muss ich mich, glaub ich, erst noch gewöhnen." sagte Professor Caluci. "Aber sie haben ja jetzt meine Daten. Machen Sie damit was Sie wollen. Ich hab Ihrem Kardinal versprochen stillschweigen über meine Entdeckung zu bewahren und das war´s dann für mich. Ich wünsche Ihnen jetzt noch mal einen schönen Tag. Auf Wiedersehen!" Der Professor erhob sich vom Stuhl und wollte gehen aber der Pferdeschwanz zupfte ihn am Ärmel "Oh nein. Sie laden hier nicht einen Haufen Daten ab und verduften dann. Meine Zeiten als HiWi sind schon lange vorbei. Sie werden mir gefälligst helfen. Außerdem brauchen wir Sie um den Magneten zu bauen, von dem ich immer noch nicht weiß wofür er gut sein soll." "Entschuldigen Sie die Umgangsformen unseres Chefphysikers" kam die warme und sanfte Stimme des Kardinals, der plötzlich wieder hinter ihnen stand "aber Sie wissen - das Feuer der Jugend. In der Tat wollte ich Sie aber noch bitten uns bei unserem kleinen Projekt zu helfen. Schliesslich sind Sie ein Fachmann auf dem Gebiet des Geomagnetismus. Ihr unschätzbares Wissen könnte für uns von sehr großem Vorteil sein." "Sie brauchen viel länger um das gleiche auszudrücken wie unser Pferdeschwanz hier, aber immerhin haben Sie Stil. Also gut ich komme morgen wieder. Ich muß noch einige Sachen im Büro erledigen, mich für unbestimmte Zeit beurlauben lassen und ein paar Termine absagen." "Wir haben vorausgesehen, dass Sie uns nicht im Stich lassen würden, weshalb wir ein Zimmer für Sie vorbereitet haben. Ihre Sachen werden gerade aus Ihrer Wohnung geholt und Ihr Sekretariat ist bereits verständigt. Die Regierung geht davon aus, dass Sie zusammen mit der römischen Universität an einem sehr dringenden Projekt im Ausland arbeiten." "Und das können Sie alles? Einfach so?" "Mit den richtigen Beziehungen... Ich zeige Ihnen jetzt Ihren Raum und die wichtigsten Einrichtungen, damit wir uns ab morgen auf Ihre geschätzte Hilfe freuen können."

"Oder so..." murmelte der Pferdeschwanz hinterher und wendete sich wieder seinem Bildschirm zu.

Umpolung in 7969,80555 Stunden - was soll denn das? Aber konstant über die letzten Jahre. Irgendwas bedeudet das. Geteilt durch 24. Das sind - wo ist denn wieder der Taschenrechner? Ach da! also das sind - leere Batterien. "Hat hier irgendwer einen funktionsfähigen Taschnrechner?" "Ja - mein Handy" kam eine Antwort zurück. "Rechne mal schnell 7969,80555 geteilt durch 24!" rief der Pferdeschwanz quer durch den Raum zum anderen Schreibtisch. "332,07523155" "Danke!" Auch nicht viel besser. Also 7969,80555 Stunden sind 332,075 Tage. Und jetzt?

Eine gut gelaunte Putzfrau kam herein, trällerte ein Lied und leerte den Mülleimer. Zum Pferdeschwanz gewendet sagte sie "den muß ich Ihnen erzählen. Pater Leonhard fährt doch ein Automatikauto. Wissen Sie warum der heuer nicht fahren darf?" Wenn Blicke töten könnten hätte der Pferdeschwanz jetzt eine Mordanklage am Hals. Stattdessen grunzte er "Nein!" "Na weil wir heuer ein Schaltjahr haben!" Die Putzfrau gluckste vor lachen über ihren eigenen Witz, als der Pferdeschwanz aufsprang sie umarmte, mit ihr quer durch den Raum tanzte und ihr einen dicken, fetten, langen Kuss auf die Lippen drückte. "Ich liebe Sie! Sie haben meinen Tag gerettet" rief er. Sie wand sich aus seinen Armen drehte sich um, schüttelte mit dem Kopf und murmmelte "so gut war der Witz nun auch wieder nicht" während sie den Raum verlies.

"Schnapp Dir bitte noch mal Dein Handy. Wieviel ist 7969,80555 geteilt durch 23,93335?" "Sternentag oder was? 333" "Ja, unser Tag hat nun mal keine 24 Stunden. Darum brauchen wir ja auch diese Schaltjahre. Nochmal Danke! Ich liebe Dich!" "Und was sagt Deine Frau dazu. Außerdem: hol Dir endlich neue Batterien für Deinen Rechner, oder kauf Dir ein Handy!" "Viel zu gefährlich - Elektrosmog!" rief der Pferdeschwanz und setzte sich wieder vor die Braun´sche Röhre seines altersschwachen Computerbildschirms.

Also ok. Mit der Sternenzeit landen wir bei 333

Sternentagen für eine Umpolung des Sekundärpols in Syrien. Eine komplette Periode dauert dann also 666 Sternentage. Sie werden mich lieben, wobei ich immer noch nicht weiß, warum diese Zahl so wichtig ist.

-19- Zwischenstand

"Euer Heiligkeit, Sie wollten mich sehen" sagte der Priester, der schon seit Wochen mit diesem Projekt als Übersetzer und Sachverständiger beschäftigt ist.

"Sagen Sie mir: wieweit sind denn unsere Bemühungen im Projekt Armagedon gediehen."

"Das sieht gar nicht so schlecht aus. Die Meditationen in Vorbereitung auf den Weltgebetstag laufen weltweit auf Hochtouren. Unsere Zwillinge lernen das Sehen mit der Seele und machen leidlich gute Fortschritte."

"Zwillinge?"

"Wir haben beschlossen sie in Anlehnung an die Offenbarung so zu nennen."

"Sie sehen aber nicht sehr wie Zwillinge aus; nicht mal zweieiige..."

"Aber sie verstehen sich so gut, dass sie seelenverwand zu sein scheinen."

"Na das ist doch sehr erfreulich! Fahren sie fort"

"Das Rätsel der Zahl 666 ist gelöst. Die Schaltjahre waren der Knackpunkt. Professor Caluci hat sich bereit erklärt zu helfen, würde aber gerne genauere Messungen vor Ort in Syrien machen."

"Hmm! Das wird schwierig. Ein Bürgerkriegsland. Aber gläubige Muslime. Da werden uns unsere Freunde aus Teheran helfen müssen."

"Nur bei der Suche nach dem Tor happerts. Irgendwie finden wir Tore zu allen möglichen Welten, aber keines das in die Hölle führt."

"Da werden wir unsere Anstrengungen intensivieren müssen. Was macht die Suche nach dem richtigen Zeitpunkt? Immerhin sind wir in unseren Dimensionen ja an den Begriff Zeit gebunden."

"Da gibt es zur Zeit zwei Favoriten. Entweder hat Johannes die Sonne die blutrot wurde wie eine herener Sack falsch interpretiert und wir suchen nach einem Erdbeermond oder wir suchen nach einer Sonnenfinsternis die sich unter dem Einfluß der anderen Dimension dann rot verfärbt."

"Sind irgendwelche Himmelsobjekte in Erdnähe die herunterfallen könnten? Der Stern Wehrmut sollte ja auch noch dabei sein."

"Sie sind einzigartig euere Heiligkeit. Ich werde sofort entsprechende Anfragen in Auftrag geben."

-20- Schlaflos

"Komm ´rein Hassan". Er hatte noch nicht mal geklopft. Die Tür öffnete sich und Hassan kam herein. "Deine Seele hat doch Augen" sagte er grinsend. Wir hatten tatsächlich Fortschitte gemacht. Unser Lehrer war sehr zufrieden mit Hassan. Mir hat er ans Herz gelegt viel zu üben, mich aber in brenzligen Situationen lieber auf Hassan zu verlassen. Das hatte ich auch vor. Die Gelbe Armbinde würde zwar statt des Gänsekopfes wohl doch nur drei schwarze Punkte bekommen, aber mit einem Taststock würde ich schon zurechtkommen. "Ich kann nicht schlafen" jammerte er "und ich hab Weißbier mitgebracht." "Du bist doch Moslem" konnte ich mir nicht verkneifen zu sagen. "Das Bier ist ja auch für Dich! Du hast doch noch von Deinem ägyptischen Tee da. Meine Vorräte sind aufgebraucht." Wir schalteten den Wasserkocher ein, und ich holte ein Bierglas aus dem Schrank. "Wollen wir Domino spielen?" lies sich Hassan vernehmen. "Ok. Ich hol die Steine." Nach einer halben Stunde lagen nur sehr wenige Steine in Reihe auf dem Tisch, während sich unsere umgedrehten häuften. Es wird nie einer gewinnen wenn wir unser Seelengucken dazu benutzen zu sehen was unter den umgedrehten Steinen steht. Aber darauf kam es nicht an. Erstens wollte keiner den anderen besiegen und zweitens war es ein gutes Training. Hassan schaute mich plötzlich an "Hat der wohl auch Schlafstörungen?". "Kommen Sie herein euere Heiligkeit" rief ich in Richtung Tür. "Ich hatte doch noch gar nicht geklopft." beschwerte er sich mit einem warmen Lächeln. "Ich wollte mich nur nach unseren Zwillingen umsehen," fuhr er fort, "denn wie mir zu Ohren kam machen Sie gute Fortschritte." Setzen Sie sich doch." Ich stand auf bot ihm meinen Stuhl an und setzte mich zu Hassan auf´s Bett. "Wir haben Tee und Weißbier im Angebot". "Wenn ich jetzt einen schwarzen Tee trinke kann ich gar nicht mehr schlafen, auch wenn dieser ägyptische Tee ganz ausgezeichnet ist. Bier ist zwar nicht so mein Geschmack, aber es beruhigt. Vieleicht finde ich dann etwas Nachtruhe. Danke!" Ich holte noch ein Glas aus meinem Schrank und schenkte ein. Hassan hatte gut vorgesorgt. "Pro sit!" hörte man den Papst, "Fi sahedak" erwiederte Hassan und hob sein Teeglas, ich schloss mich dem ´Prost´ an. "Was haben Sie den da für Steine auf ihrem Regal liegen?" fragte er mich und deudete auf das Regalbrett über meinem Bett. " Vor vier oder fünf Jahren habe ich Urlaub auf dem Sinai gemacht. Natürlich hab ich es mir nicht nehmen lassen auch das Katharinenkloster dort zu besuchen und vom Ableger des brennenden Dornbuschs ein Blatt zu klauen. Vorher starb ich tausend Tode auf dem Rücken eines Kamels, welches mich auf den Jebel Musah schleppte, wo Moses die Zehn Gebote von Gott bekommen hat. Von dort oben ist der linke, der rötliche Stein." "Und der andere?" "Die schwarze Kugel stammt aus Island. So im Sinne des Gleichgewichts der Kräfte hab ich den von der Hekla mitgenommen." Er schaute mich etwas fragend an. "Die Hekla ist ein Vulkan auf Island der nach der Mythologie der Wikinger das Tor zur Hölle ist." Der Papst stand auf, machte mir ein Kreuzzeichen auf die Stirn und segnete Hassan. Er verlies zügigen Schrittes mein Zimmer und grummelte dabei "Jan, Jan warum hast Du das nicht früher gesagt?"

"Hab´ ich was falsches gesagt?" "Jan, ich glaube nicht. Hat sich nicht so angefühlt. Aber viel wichtiger: warum konnten wir ohne Dolmetscher mit ihm reden?" Da hatte er recht. Hä?

-21- Zweifel

"Seine Heiligkeit ist für mich über jeden Zweifel erhaben. Aber es gab da gestern ein Erlebniss das wir nicht verstehen."

"Was war den los Jan?" fragte der Expapst.

"Er kam gestern Nacht in mein Zimmer, wohl weil er schlecht schlafen konnte. Hassan und ich spielten Domino. Er setzte sich zu uns und unterhielt sich mit uns über die Fortschritte unserer Ausbildung."

"Ja und?"

"Nachdem wir uns über zwei Steine unterhielten, die ich dabei habe, stand er auf und ging."

"Was waren das für Steine?"

"Einer vom Mosesberg auf dem Sinai und einer von der Hekla auf Island."

"Was ist die Hekla?"

"Ein Vulkan auf Island den die Wikinger als Tor zur Hölle ansahen."

"Ihr wisst gar nicht wie lange wir schon nach dem Tor zur Hölle für unser Projekt suchen. Da versteht Ihr das nicht?" "

Naja - diesen Teil vieleicht schon, aber: warum konnten

wir uns ohne Dolmetscher mit ihm unterhalten? Ich fürchte mich vor Menschen, die plötzlich in fremden Zungen reden, die sie gar nicht können."

Benedikt schaute plötzlich sehr ernst. "Geht zum Lama und macht mit Euerer Ausbildung weiter."

Er segnete uns und wies uns die Tür.

"Ein bisschen weniger Geheimniskrämerei wäre auch nicht schlecht" hörte ich Hassan.

"Ist Professor Caluci im Haus?" Der Pferdeschwanz war mehr als erstaunt den Vorgänger seines obersten Chefs hier in seinem Büro zu sehen. Das war während seiner gesamten Amtszeit nicht vorgekommen. "Der kommt gleich wieder. Setzen Sie sich doch." "Keine Zeit! Wo ist er?" "Er ist mal für kleine Professoren..." wand sich der Pferdeschwanz. "Oh! Soviel Zeit muß dann doch sein. Haben Sie Zugriff auf die aktuellen Messungen des Erdmagnetfeldes von gestern abend?" "Ja. Wir haben eine Standleitung in Calucis Büro installiert. Einen Moment, ich schau gleich mal nach. Keine Änderung in Syrien." "Und wie sieht´s in Rom aus?" "In Rom?" "Nicht lange fragen, nachsehen." "Moment, die haben ein tolles Programm da. Die blenden die Feldlinien einfach über eine Weltkarte,..." "Ja, ja, ja. Wie sieht´s nun aus? Rom?" "Woher wissen Sie das? Ich mußte den Ausschnitt ziemlich vergrößern um die Delle in den Linien zu finden. Warten Sie einen Moment. Ich schau mir mal den Verlauf an. ... Das ist kaum zu glauben. Die Welle begann gestern Vormittag und steigt sehr langsam an. Ein magnetischer Südpol. Der kleine Abschnitt den wir bis jetzt haben ist deckungsgleich mit der Welle in Syrien nur viel weniger Gaus." "Viel weniger was?" "Gaus. Die Einheit für die magnetische Feldstärke. Außerdem zittert die Welle irgendwie." "Was heißt das `sie zittert`?" "Kann ich noch nicht sagen. Da brauchen wir viel genauere Messungen, oder was meinen Sie Professor?" Caluci war inzwischen zurück und stand hinter dem hohen Würdenträger. Er ging um den Computer herum und starrte auf den Bildschirm. "Verdammich nochmal. Der zweite Download meines Artikels wurde wohl von den falschen Leuten gemacht. Ich muß schnell in mein Institut." "Sie vergessen, dass Sie für die Uni im Ausland sind Professor" ermahnte der Pferdeschwanz. "Dann schicken Sie jemanden der ein feinzeichnendes Magnetometer holt. Ich will wissen, was dieses Zittern zu bedeuten hat." Der Pferdeschwanz erhob sich. "Das hole ich selbst. Mir kauft man den Studenten im Vatikan ab. Wenn Sie einen Pfarrer schicken fragt sich doch jeder was der mit einem Magnetometer will." "Ich lasse sofort ein Gesuch um formlose Hilfe Verfassen, damit müsste das ganz schnell gehen." Auch der Emeritus erhob sich und ging.

"Unser Geheimnis ist nicht mehr länger eines." Die Anwesenden der eilends einberufenen Versammlung aller Beteiligten, außer seiner Heiligkeit, standen mit offenen Mündern da. "Wo ist der Papst" begehrte ein Kardinal zu wissen. "Seine Heiligkeit hat sich in seine Kapelle zurückgezogen und betet. Wir werden seit gestern Vormittag angcgriffcn. Unter Rom hat sich ein sekundärer Südpol gebildet. Sehr schwach, aber mit steigender Tendenz. Wir vermuten, dass der Artikel, der uns auf Professor Caluci aufmerksam gemacht hat, obwohl er sehr schnell aus dem Netz genommen wurde, auch Anhänger der anderen Seite geweckt hat. In einem ihrer abscheulichen satanistischen Rituale haben sie wohl die böse Seite davon in Kentniss gesetzt. Und der Antichrist reagiert. Wir wissen noch nicht genau, was er vorhat, aber er attakiert den Papst. Das hatten wir schon einmal vor tausend Jahren, als unsere Vorgänger die heilige Inquisition und die Kreuzzüge in´s Leben riefen. Seine Heiligkeit ist sich der Situation bewusst und kämpft dagegen. Helfen wir ihm mit jedem unserer Gebete." Die Expedition nach Island ist vor wenigen Minuten in Kevlavik gelandet und macht sich schnellstmöglich auf den Weg nach Kerkjubaejarklustur, oder wie man das ausspricht, um morgen die Hekla zu besteigen und in ihrem Krater eine Station zu errichten. Die isländischen Behörden sind informiert und sagten uns jede Hilfe zu. Vom nahe liegenden Geothermie-Kraftwerk werden gerade starke Stromleitungen dahin gelegt, um unsere Magnete zu versorgen. Wie weit sind wir mit den Daten aus Philadelphia?" Der Pferdeschwanz meldete sich zu Wort. "Diese Amerikaner sind furchtbar. Ob die Welt am untergehen ist oder nicht. Die rücken ihre Daten nicht so leicht raus. Wenn die Erde irgendwann explodiert wird ein riesiger Wandsafe mit der amerikanischen Flagge darauf durch den Weltraum segeln, versiegelt mit einem unlösbaren fraktalen Verschlüsselungscode und der Aufschrift `Streng Geheim! Berühren verboten`. Gott sei Dank ist deren momentaner Präsident ein gläubiger Mensch, der den Ernst der Lage erkannt hat. Auf seine Weisung hin wurden uns die benötigten Informationen zunächst häppchenweise, dann aber doch vollständig geliefert." "Und warum haben sie nicht bei den Deutschen nachgefragt? Die plappern doch Gerüchten zu folge alles aus!" Schallendes Gelächter hellte die Stimmung etwas auf. "Jetzt aber im Ernst: die amerikanischen Kollegen waren wieder mal zu ungeduldig. Eine Frequenz von 1: 8320,44 Stunden war ihnen zu langsam. Das sind ja fast zwei Jahre. Sie nahmen ein Vielfaches davon; frei nach dem Motto: `viel hilft viel`. Außerdem ist ihnen der Trick mit dem Schaltjahr entgangen, weil sie nie auf die Idee kamen nach der Zahl 666 zu suchen. Und - sie wollten ja auch eine Tarnkappe basteln und das Schiff nur durch eine Krümmung der Raumzeit verstecken. Das sie da schwer auf dem Holzweg waren und stattdessen ein Dimensionstor in nicht existierende Welten aus instabilen Strings öffneten kam ihnen nie in den Sinn. Bis heute noch nicht." "Also können wir die Ergebnisse nutzen?" "Natürlich. Und viel sicherer als die es konnten und mit einigermaßen überschaubarem Ausgang. Ein Problem haben wir noch: Um in das Tor einsteigen zu können brauchen wir tatsächlich eine Krümmung der Raumzeit. Und mir sind gerade die schwarzen Löcher ausgegangen." sagte er resigniert. Ich sprach den Pferdeschwanz an. "Können wir uns danach mal unterhalten? Ich hätte da..." "Ein schwarzes Loch übrig?" feixte er, "... nein - eine Idee." "Na da bin ich mal gespannt. Ok, dann bis später." "Wissen wir schon was über die Schwankung in diesem schwachen Magnetfeld?" "Professor Caluci muß die Daten noch genau auswerten. Wo ist er überhaupt? Egal. Auf jeden Fall scheint es so, daß die Welle moduliert ist. Irgendeine Information sitzt da drauf. Viel kann es aber nicht sein was da drauf ist. Selbst auf unserem kurzen Abschnitt, den wir analysieren konnten, wiederholt sich das Muster ständig. Sieht irgendwie aus wie ein Elektroencephalogram." "Hmm. Ein EEG?

Das macht Sinn! ... Die Magnete?" kam noch die knappe Frage. "Ausreichend für die Gaußstärken die wir brauchen und auch für die Fläche." "Friedensgebete?" "Sind bereit." "Seelenaugen?" Ich holte gerade Luft als Lama Maler aus dem Hintergrund rief "Sind bereit! Mit Kontaktlinsen und Innenbeleuchtung" ich wußte gar nicht, dass der auch Humor hat. Das Lachen schwoll wieder ab. "Na das sieht ja gar nicht so schlecht aus. Gehen wir wieder an die Arbeit!"

-23- Das Elektron

"Schieben wir mal Nils Bohr und Heysenberg zur Seite. Schnappen wir uns ein Proton und lassen ein Elektron darum kreisen. Ok?" Ich hatte zwei Weißbier dabei, doch Pferdeschwanz hatte an Rotwein gedacht. Wir einigten uns darauf das jeder das von sich selbst mitgebrachte trank, weil er das jeweils andere nicht mochte. "Also ein Wasserstoffatom!" "Genau. Lassen Sie mich bitte einfach mal nur spinnen, und erzählen Sie mir dann ob ich wirklich spinne." "Ok!" "Wie man so vernimmt gehen die Physiker davon aus, dass das Elektron auf seiner Bahn um den Atomkern als Welle vorliegt. Das hat irgendwas mit dem Teilchendualismus zu tun und erspart mir ungefähr eine halbe Stunde verrücktes Reden." Der Pferdeschwanz pendelte langsam von der Nickbewegung aus. "Es liegt nun mal in der Natur der Welle sich geradlinig fortzubewegen. Außerdem ist es ihr Job. Wie bekomme ich also eine Welle dazu gerade aus im Kreis zu fliegen?" Der Pferdeschwanz pendelte wieder, allerdings langsamer. "Das geht nur, wenn ich die Raumzeit krümme. Oder fällt Ihnen eine andere Möglichkeit ein?" Der Pferdeschwanz schüttelte sich und lief Gefahr wieder seinen Gummi zu verlieren. "Also muß irgendwas zwischen Elektron und Proton sein das diese Krümmung verursacht. Die Masse kann´s nicht sein. Viel zu wenig. Also das elektrische Feld? Irgendein Physiker hat es kürzlich geschafft einen Laserstrahl aufzuteilen und wieder in einem Punkt zu vereinen. Einer der beiden Strahlen geht durch eine Magnetspule. Schaltet er das Magnetfeld an interferriert der Laser plötzlich am

Ziel. Also wurde die Strecke länger. Aber das ist viel zu schwach. Ich denke ein elektrisches Feld ist da effektiver. Schliesslich funktioniert das seit es Atome gibt."

"Sie spinnen total!" Der Pferdeschwanz war seinen Gummi endlich los und der Gesichtsvorhang fiel wieder. "Aber es könnte sein. Wie ich hörte hatten Sie schon mehr so verrückte Ideen die uns das alles hier eingebrockt haben. Also versuchen wir´s"

"Euere Exheiligkeit oder Monsignore oder wie man Sie richtig anspricht. Wir haben einen Laserstrahl gebogen." Der Pferdeschwanz strahlte über das ganze Gesicht. "Und was wollen Sie mir damit sagen?" "Das Ihr Tierarzt den Raum gekrümmt hat." "Und die Zeit?" "Das ist das selbe! Aber die Energiemengen die wir dazu brauchen sind gigantisch. Haben Sie den Stromausfall letzte Nacht in der Stadt mitbekommen? Das waren wir. Ich glaube nicht, dass wir Ihre Zwillinge da durchzwängen können." "Dann müssen sie eben abnehmen. Der dicke vor allem." Damit war sicherlich nicht Hassan gemeint. "Aber ich werde die Behörden in Island informieren. Teilen Sie mir bitte mit welche Strommengen sie wann brauchen und wir versuchen das bereitzustellen." "Na Sie haben Zuversicht!" "Das ist mein Beruf" mit diesen Worten entlies er den Pferdeschwanz. Im Gehen drehte der sich noch mal um "und wir brauchen zwei sehr große Aluminiumplatten auf einem isolierten Gestell. Das ganze bitte im Vulkankrater." "Wie groß?" "Ich dachte so an 10 Quadratmeter je Platte. Und bitte rund." "Island hat große Aluminiumhütten, das dürfte kein Problem sein." "Ach und noch eins. Den Strom für die Platten brauchen wir als Gleichstrom. Das soll ein rießiger Kondensator werden." "Ich werde es den Technikern vor Ort mitteilen. Noch was?" "Nein. Ich glaube das war´s ... außer ... beten Sie das das klappt."

Der Fernseher lief in meinem Zimmer. Man bekam hier N24 und so konnte ich mein Defizit an aktuellen Informationen, welches sich in den letzten Wochen angestaut hatte auffüllen.

In Deutschland hatten wieder mal Asylbewerberheime gebrannt. Es ist schlimm. So schrecklich diese Vorkommnisse sind, es ärgert mich, dass man sich langsam daran gewöhnt. An wieviel Gewalt und Hass kann man sich gewöhnen?

Der Flüchtlingszustrom nach Europa ebbte ab. Die Türkei hatte inzwischen fast drei Millionen Flüchtlinge aufgenommen. Und es versuchten nur noch sehr wenige auf Schlauchbooten von dort nach Griechenland zu kommen. Aber auch die Türkei meldet ein Abflachen des Zustroms.

Dafür begann der IS, nachdem er den Nordirak und Nordsyrien einigermaßen im Griff hatte, oder besser in seinen Klauen hatte, sich nach Süden vorzuarbeiten. Zwar leisteten die Kurden und die Regierungsstreitkräfte erbitterten Widerstand und waren eigentlich auch Zahlen- und Ausrüstungsmäßig viel besser aufgestellt, aber irgendwie schafften sie es nicht die Terroristen aufzuhalten. Besonders in Syrien, wo die Regierung zwar zusammen mit den Rebellen gegen den IS, bei jeder Gelegenheit aber auch noch gegen die Rebellen selbst kämpfte marschierte die Terrororganisation durch die jeweils entstehenden Lücken der Verteidiger einfach durch.

Die Taliban im Irak wurden wieder aktiver und kämpften gegen die UNO-Soldaten und die Bevölkerung südlich der vom IS besetzten Gebiete.

In Somalia eskalierte wieder mal die Gewalt der Pocco Haram. Wobei die Anschläge sich auf den nordöstlichen Teil konzentrierten.

In Ätiopien grassierte eine große Hungersnot, der Hunderttausende zum Opfer fielen. Und die Hilfslieferungen der Vereinten Nationen kamen einfach nicht durch.

Israel jammerte mal wieder darüber wie gefährlich der Iran doch sei. Und das man nicht davor zurückschrecken würde anzugreifen, wenn der Verdacht aufkommt, dass die eine Atombombe bauen.

Dieser rechtsdrehende Präsidentschaftskandidat in den U.S.A. hat sich wieder mal Freunde gemacht, als er versprach nach seinem Wahlsieg erstmal für Ruhe in der Welt zu sorgen, indem er mit verstärkten Truppen die Taliban im Irak endgültig erledigt. Was wollen die denn dauernd dort. Soviel unterdrücktes Öl ist doch dort gar nicht zu befreien.

Danach sah man einen Herren im schwarzen T-Shirt mit schwarzen Cargohosen und Springerstiefeln mit weißen Schnürsenkeln, dem offensichtlich seine Haare abhanden gekommen waren. Sein Gesicht wurde verpixelt gezeigt, damit man ihn nicht erkennt. Seine Stimme war bis zur Unkenntlichkeit verzerrt, dafür wurden Untertitel eingeblendet. Ein Reporter interviewte die Gestallt und fragte nach den Zielen die er persönlich verfolgen würde. "Ich kämpfe für Deutschland, mein Vaterland. Diese Überfremdung, die von den Feinden des deutschen Volkes, also von der Regierung, nicht nur geduldet sondern sogar gefördert wird hat doch nur zum Ziel die deutsche Rasse von der Erde zu tilgen." Er zog kurz an seiner Bierflasche. "Dabei ist es doch das angestammte Recht des deutschen Volkes, der Herrenrasse, nicht nur hier in Deutschland, sondern überall auf der Welt zu herrschen." Ein Rülpser entrang sich seiner arischen Kehle. "Deshalb ist es mein ganz persönliches Ziel und auch das meiner Kammeraden zunächst mal die deutschen Gebiete im Osten wieder in die Bundesrepublik zurück zu holen." Heim in´s Reich? Ich glaub ich spinne. Der gehört auch zu denen für die in der Gebrauchsanweisung einer Mikrowelle darauf hingewiesen werden muss, dass man darin keine Kanarienvögel trocknen soll.

"Haben Sie sich mal die Nachrichten angesehen?" fragte mein theoretischer Physikpriester. "Ja" meinte Hassan. Ich nickte nur zustimmend. "Und? Ist Ihnen etwas aufgefallen?" "Das die Welt immer blöder wird?" " Ja! Das auch. Aber kommen Sie mal." Er ging zu einem Tisch mit einer großen Weltkarte darauf. "Die Poko Haram wandert Richtung Nordosten." Er suchte Somalia und zeichnete einen Pfeil in die Richtung. "Israel droht dem Iran." Ein entsprechender Pfeil kam hinzu. "Der IS wandert nach

Süden." zwei dicke Pfeile kämpften sich vom Nordirak und aus Nordsyrien Richtung Süden. "Dieser Amerikaner droht den Taliban im Irak." Ein entsprechender, bogenförmiger Pfeil überquerte den Atlantik. "Und diese deutschen Rechtsradikalen wollen nach Osten." Ein vager Pfeil zeigte Richtung Rumänien, Bulgarien oder Türkei. "Sehen Sie was ich meine?" "Die ziehen nach Meggedon" kam es unisono von Hassan und mir. "Wir sollten uns doch langsam etwas beeilen. Wie geht es seiner Heiligkeit?"

"Wir müssen etwas unternehmen. Seine Heiligkeit schlägt sich tapfer. Die Gebete für ihn halten sehr viel von ihm ab. Aber lange hält er das nicht mehr durch" Der Pferdeschwanz schaute bedrückt als er antwortete: "Eure Exheiligkeit!..." "Das gefällt Ihnen wohl?" kam die Frage von einem erheiterten Gesicht. Pferdeschwanz überging das. "... Wir arbeiten bis jetzt ja nur mit Theorien. Es könnte fatal enden wenn wir in den Krieg ziehen und nicht wissen ob unsere besten Waffen auch funktionieren. Wir wissen immer noch nicht, was diese aufmodulierte Information auf der magnetischen Welle bedeudet. Aber eines ist klar: was Gutes kann's nicht sein." "Und was schlagen Sie vor?" "Wir können mit unserem Magnetfeld zwei verschiedene Sachen machen. Welche davon wir testen ist eigentlich egal. Nur nicht beide zusammen. Wir sollten dem Feind nicht alles verraten was wir aufzubieten haben." "Äh ... und das heißt jetzt?" "Wir können mit unseren Magneten einfach ein Gegenfeld schaffen, dass der großen Welle entgegen läuft. Damit wäre die Modulation noch da, aber nur auf den jämmerlichen Resten der Welle. Oder wir lassen die große Welle in Ruhe und schaffen eine spiegelbildliche Modulation, die wir überlagern. Dann bleibt der Grundeinfluss, aber die Information verschwindet." "Und was passiert, wenn die Information geändert wird?" "Dann kommt: `Housten wir haben ein Problem`." "Denken Sie das bitte noch mal durch. Aber ich befürchte Sie wollen unseren Papst zum Versuchskarnickel machen." "So sieht's aus!"

Wie können wir schnell reagieren wenn sich die Anweisungen auf dieser Welle plötzlich ändern? Wie können wir das schnellstmöglich überlagern, oder wenigstens stören? Wenn wir die Information einfach ignorieren und einfach eine andere senden? Aber welche? Und wie? Wir haben ja noch nicht mal den Verschlüsselungscode verstanden. Ist die Information ein Text, oder ein Gefühl oder was auch immer? Was geschieht überhaupt mit den Menschen, wenn wir einfach eine andere Information zusätzlich zu dieser Hassbotschaft schicken? Vieleicht sowas wie Frieden und Freundschaft?

"Sie werden verrückt!" kam eine Stimme aus dem Hintergrund. Lama Maler hatte das Büro des Pferdeschwanzes betreten. "Woher ...? Können Sie Gedanken lesen?" Der Lama war diese Frage langsam leid. "Nein! aber ich sehe mit der Seele." "Dieses Seelenguckedingsbums müssen Sie mir irgendwann mal erklären. Aber jetzt gibt´s Wichtigeres! Wie Sie wissen steckt der Teufel im Detail." "Wir denken eher, dass der Teufel im Gehirn sitzt und nur darauf wartet herausgelassen zu werden. Die gute Seite sitzt da übrigens auch drin. Wir verstecken es nur sehr oft."

"Wir brauchen eine Untersuchung der Gehirnaktivität seiner Heiligkeit." Pferdeschwanz hatte den Lama einfach stehen lassen und war zum Kardinal gerannt. Etwas außer Atem hielt er sich am Schreibtisch fest und wiederholte "Wir brauchen die Gehirnaktivitäten des Papstes!" "Ein EEG meinen Sie?" Er bemerkte, dass er seine Birkenstockschlappen irgendwo unterwegs verloren hatte.

Ach darum bin ich schlitternd an den Schreibtisch geprallt! "Glaube nicht, dass das reicht. Aber da müssen Sie einen Arzt, besser noch einen Neurologen fragen. Rufen Sie doch das Universitätskrankenhaus an. Oder das neurologische Institut an der medizinischen Fakultät. Meinetwegen fragen Sie auch Ihren Avonberater aber veranlassen Sie das! Ich will wissen ob es erhöhte Aktivitäten in irgendeiner Gehirnregion gibt und wofür diese Region zuständig ist." sprachs und verschwand.

Hassan und ich sassen im Garten auf einer Bank. Pferdeschwanz kam heraus. Er hatte seine Schlappen in der Hand. "Glauben Sie nicht, dass das etwas kalt an den Füßen wird?" fragte Hassan. "Hatte die Dinger verloren. Die Putzfrau hat sie mir gerade wieder gegeben." Er ließ sie fallen und schlüpfte hinein. "Ihr habt wohl nichts zu tun?" "Dieses untätige warten macht mich ganz krank. Aber es gibt nichts was wir gerade tun könnten." sagte ich, während sich Pferdeschwanz zu uns gesellte. "Ich brauche mal kurz frische Luft. Mein Hirn ist gerade irgendwie ganz leer." "Nur zu! setzen Sie sich zu uns." Wie unnötig, er saß ja schon. "Hassan, Du hast mir neulich von Deinem Onkel erzählt den Du als Blinden durch die Souks geführt hast. Wie ging das eigentlich weiter? Wie macht Ihr das in Ägypten wenn jemand zum Pflegefall wird?" "Naja. Altenpflegeheime gibt es nur sehr wenige, und die kann sich keiner leisten. Außerdem gehört bei uns die Familie zusammen, also kümmern sich alle ... hmm ... eigentlich nur die Frauen ... um unsere Alten. Schwierig wurde es auf den Schluß zu, als er nicht mehr gut gehen konnte und auch noch schwerhörig wurde. Ich war zwar schon mit dem Studium fertig, verdiente aber als Touristenführer auch nicht so viel. Ein Hörgerät war zunächst nicht drinn. Auf einer Nilkreuzfahrt, auf der ich eine englische Touristengruppe betreute wurde einmal so ein Ding nach dem letzten Frühstück im Speisesaal gefunden. Der Putzboy fand es, und nachdem nicht herauszubekommen war wem es gehörte, die Touristen waren ja schon abgeflogen, schenkte er es mir. Ich hatte ihn von meinem Onkel erzählt." "Und hat es Deinem Onkel geholfen?" "Anfangs wollte er es nicht annehmen. Aber als er sich daran gewöhnt hatte konnte er sich wenigstens wieder mit uns und den Freunden, die ihn besuchten, unterhalten. Wir haben es einmal im Souk ausprobiert. Ich konnte mir einen Rollstuhl ausleihen und habe ihn durchgefahren. Aber die vielen Geräusche, der Lärm und das ständige Geschnattere von den Weibern wurde alles mitverstärkt, so daß er sich das Gerät nach einer viertel Stunde aus dem Ohr riss." Pferdeschwanz bekam spitze Ohren. Er erwachte aus seiner Lethargie, die ihn inzwischen befallen hatte. "Schade, dass das keines von den modernen Geräten war, ..." Pferdeschwanz sprang auf und rannte los. Kann der eigentlich auch normal gehen. Was hat er denn nun schon wieder? Hassan und ich schauten uns an und zuckten mit den Schultern. "äh ... ach ja: schade, dass das keines von den moderneren Geräten war. Die können Störgeräusche ausblenden." "und wie machen die das?" "Die nehmen wohl die ganze Geräuschkulisse auf, rechnen für die Hintergrundgeräusche irgendwie eine `Gegenwelle` aus, schieben die über das gesamte Geräuschmuster und durch kommt dann nur noch der im Vordergrund stehende, gesprochene Teil. Aber ganz genau kann Dir das glaube ich nur ein Hörgeräteakustiker oder ein Physikprofessor erklären." Hassan lachte. Ich fand den Vergleich eigentlich gar nicht so sehr witzig. Um diese Zeit sind meine Gags auch noch am auftauen.

"Ich brauch den Schaltplan eines Hörgerätes!" Der Kardinal schaute den Pferdeschwanz entgeistert an. "Sind Sie schwerhörig geworden? Ach übrigens seine Heiligkeit bekommt gerade einen PET scan seines Gehirns." "Sehr gut und nein ich bin nicht schwerhörig und was ist ein PET scan?" "Keine Ahnung, aber die sagen uns dann wo es im Gehirn besonders schnell tickt oder so ähnlich." "Ok. Wann kommen die Ergebnisse?" "Jede Minute. Und wofür jetzt dieses Hörgerät?" "Mit dem Schaltplan eines Hörgerätes mit Nebengeräuschunterdrückung können wir schnell reagieren, wenn sich die aufmodullierte Welle verändert. Das könnte ich zwar auch selbst entwickeln aber wozu das Rad neu erfinden?" "Ich weiß zwar nicht wovon Sie da reden, aber es klingt gut. Wir haben nahe Rom einen Hersteller solcher Geräte. Mein Bruder kennt dessen Frau vom Golfclub. Das dürfte kein Problem sein." "Klemmen Sie sich dahinter! Ach ... und diesen Scan vom Papst, oder besser die Auswertung der Fachleute schnellstens auf meinen Schreibtisch!" "Zu Befehl!" lachte der Kardinal und griff zum Telefon.

"Ist seine Heiligkeit wohl mit Taubheit geschlagen? Da

war doch was mit Erde in die Hand, draufspucken umrühren und draufschmieren?! Ach nein, das war ja ein Blinder!" Der Bruder des Kardinals lachte laut am Telefon über seinen eigenen Witz. "Du elender Ketzer!" feixte der zurück. "Aber im Ernst. Wir brauchen diesen Schaltplan erstens dringend und zweitens schnellstens. Heute ist Sonntag, und morgen könnte es schon zu spät sein. Kannst Du das für mich arrangieren? Und Du weißt ja: ich darf Dir nicht sagen warum und wozu und überhaupt." "Ihr elenden Geheimniskrämer. Ich seh´ die Frau gleich im Golfclub. Dürfen wir das Green erst zuende spielen?" "Nein. Du weißt: es drängt! Und Gott segne Dich, auch wenn Du nicht an ihn glaubst."

Der PET scan zeigte erhöhte Aktivität im limbischen System. Diese Uraltregion des Gehirns in der unsere animalischen Triebe sitzen. So Sachen wie Agressivität, Jagdtrieb, Gewalt. "Alles klar! Und warum müssen die das in einen zehnseitigen Bericht fassen? Eine halbe Zeile hätte es auch getan!" sagte der Pferdeschwanz und vertiefte sich wieder in seinen Schaltplan. "Die Seite zum Ohr können wir eins zu eins übernehmen. Nur die Lautsprecherspule müssen wir größer dimensionieren und den Dauermagneten weglassen. An die Inputseite muß ein Magnetometer, ein feinzeichnendes. Eventuell reicht eines auf dem Schlachtfeld und dann eine WLAN-übertragung? Machen Sie das mal!" sagte er zu dem Doktoranden der ihm gegenüber saß. "Bis wann?" "Dumme Frage, sie wissen doch: Gestern!"

"Seine Heiligkeit erwartet Sie!" sagte der Kamerlengo zum Pferdeschwanz, der mit einem Koffer im Sekretariat aufgetaucht war. Er ging durch die schwere Tür und betrat einen Raum in dem außer Pater Anselmo, dem Physikpriesterdolmetscher auch der Kardinal, seine Exheiligkeit und der Papst anwesend waren. "Sie haben es also geschafft?" fragte der emeritierte Papst. "Ich glaube schon." kam als Antwort. "Seine Heiligkeit ist informiert und bereit für das Experiment." Der Papst saß schwach in seinem Stuhl und nickte. Er sah gar nicht gut aus. Blaß und von seinem inneren Kampf gegen das Böse gezeichnet hielt er einen Rosenkranz in seinen zittrigen Händen. "Der Trägerwelle entgegenzuwirken ist nicht das große Problem. Darum haben wir beschlossen die Modullation aufzuheben. Ob das Funktioniert müssen wir wissen bevor wir in die Schlacht ziehen." der Pferdeschwanz schaute den Papst an. "Ich weiß nicht wovon Sie da reden, aber das Versuchs-kaninchen steht Ihnen zur Verfügung." sagte der Papst mit schwacher Stimme. "Wird es weh tun?" "Sicherlich nicht. Sollte es nicht funktionieren haben sie eine entspannende Magnet-feldtherapie. Wenn es funktioniert werden Sie merken wie Ihr Bedürfnis nach Gewalt und Agression schnell zurückgeht." "Fangen Sie an."

Pferdeschwanz öffnete seinen Koffer und entnahm ihm etwas, was einem Hörgerät nicht mehr sehr ähnlich war. Ein Gerät das aussah wie ein Handstaubsauger, das Magnetometer, hing an einem kleinen Schaltkasten mit Antenne. Ein zweites Gerät bekam der Papst mit einem Klipp an seiner Sutane befestigt. Eine einigermaßen dicke Kupferspule endete in einem kleinen Kästchen mit Schalter. Pferdeschwanz schaltete zunächst das Kästchen an der Spule ein und dann den Staubsauger. Der Papst sank in seinem Sessel zurück und seine Gesichtszüge entspannten sich. Er sagte kein Wort. Seine Hände hörten auf zu zittern und er begann den Rosenkranz zu beten. Zunächst noch sehr leise wurde seine Stimme beim siebten `Gegrüsset seist Du Maria´ langsam kräftiger und das Lächeln kehrte auf sein Gesicht zurück. "Es funktioniert!" riefen alle Anwesenden, außer dem Papst, der betete ja noch, wie aus einem Mund! Lasst uns die Details besprechen und in die Massenproduktion einsteigen. Der Hörgerätehersteller wurde geladen, sich im Vatikan einzufinden. Es gäbe einen größeren Auftrag für Ihn.

-26- Die Hekla

Von allen Seiten kamen Kabel so dick wie Menschenleiber. Vor dem Vulkankrater stand etwas das aussah wie ein riesiges Umspannwerk. Die Isländer waren auf Zack, würde man heute wohl sagen. Das Umspannwerk war eigentlich eine riesige Ansammlung von Gleichrichtern. Von diesen gingen dicke Leitungen den Berghang hinauf und verschwanden im Krater. Eine unglaublich große Magnetspule war angeliefert worden, weigerte sich aber sich von Hubschraubern anheben und in den Krater hiefen zu lassen. Also hatten die Isländer eine überdimensional lange Rampe gebaut, die den Berg hinauf und steiler wieder in den Krater hinein führte. Zwei Aluminiumplatten standen sich aufrecht an den Innenwänden des Kraters gegenüber. Genau 3,5682 m waren beide im Durchmesser. Gehalten wurden sie von quadratmetergrossen und dicken Kunststofffüßen. Die Hälfte der Kabel von den Gleichrichtern landete an der südlichen, die andere Hälfte an der nördlichen Platte. Die Rampe im inneren des Kraters endete genau in der Mitte zwischen beiden Platten und genau in diesem Moment erschien am Kraterrand die Spule, die von mehreren Bulldosern auf Ihrem Anhänger rückwärts den Berg hinauf geschoben, und von oben mit Seilwinden gezogen wurde. Der Anhänger mit der Spule wippte über den Kraterrand und sofort hörte man die Motoren der Bulldoser aufheulen, die plötzlich nicht mehr schieben, sondern ziehen mussten, um das Hinabrollen der Spule zu bremsen. Die Seile der Seilwinden rissen und die

Spule nahm Fahrt auf. Die Bulldoser wurden über den Kraterrand gezogen und versuchten mit durchdrehenden Reifen die Fahrt zu bremsen, leider mit nur wenig Erfolg, denn der Untergrund war noch nicht fest genug. Und so zog die Spule die Bulldoser wie riesige Pflugscharen durch den lockeren Boden, sauste zwischen den Kondensatorplatten durch und krachte auf die gegenüberliegende Felswand. Die Gesichter der an-wesenden Arbeiter und Ingenieure entgleisten und erstarrten zu Fratzen des Schreckens. Die vier Bulldoser, die mit Ketten mit dem Anhänger der Spule verbunden waren, folgten und krachten ungebremst auf die Spule.

"Die Spule ist hin," rief einer der Techniker während ein Rettungshubschrauber im Krater landete. "Was machen wir jetzt?" Die Türen des Hubschraubers glitten auf und zwei Sanitäter rannten auf die Bulldozer zu. Jeder von ihnen hatte einen Rucksack dabei der mit einem roten Kreuz verziert war. Einer der Bulldozerfahrer war bereits aus seinem Führerhaus geholt worden. Er war tot. Ein zweiter versuchte sich gerade selbst aus seinem Führerhaus zu befreien. Ihm ging es offensichtlich nicht ganz so schlecht. An den beiden anderen Arbeitsmaschinen mühten sich gerade Helfer ab die Fahrer aus ihren Kabinen zu bergen.

Am oberen Ende der Rampe blitzte das Blaulicht eines Rettungswagens über den Kraterrand. Im Scheinwerferlicht waren zwei Gestalten zu erkennen die sich bei den Seilwinden aufhielten und dort irgendwie an den Enden der Stahlseile zupften. Dann machten sie sich auf den Weg die innere Rampe in den Krater hinunter zu eilen. Sie hatten eine Trage dabei.

Als sie auf dem Grund des Kraters ankamen waren die beiden restlichen Fahrer aus ihren Fahrzeugkabinen geholt und auf Decken vor die Unglücksstelle gelegt worden. Einer war ohnmächtig. Um ihn kümmerten sich die Sanitäter aus dem Hubschrauber. Sie murmelten irgendwas von inneren Ver-letzungen, während sie einen Verband um die klaffende und blutende Wunde am Kopf wickelten. Eine Infusion war auch gelegt als sie sich auf den Weg zum Hubschrauber machten, ihren Patienten hineinschoben und eilends abhoben. Der andere Fahrer war bei Bewustsein und jammerte über die Schmerzen im rechten Bein und über seine gestauchte Wirbelsäule und über den Unfall und er verfluchte die Feen und Elfen die wohl daran Schuld wären. Überhaupt wird sich in den letzten Jahren viel zu wenig um das kleine Volk gekümmert, so dass denen nur noch Unsinn einfällt. Jetzt würde das ganze aber zu gefährlich und es würde Zeit, daß sich das Ministerium darum kümmert.

Einer der Sanitäter, die sich gerade noch mit den Seilwinden beschäftigt hatten versuchte dem wild gestikulierenden Mann das Bein zu schienen, während die Sanitäterin laut nach dem Verantwortlichen auf dieser Baustelle rief. Ein junger, rothaariger, bärtiger Mann lief auf sie zu. "Was wollen Sie denn? Machen Sie Ihre Arbeit und stören uns hier nicht. Sie sehen doch, dass die Dinge hier gerade nicht ganz nach Plan laufen!" Die Rothaarige, das war aber sicher gefärbt, schrie ihn an "Wenn Sie nicht wissen wollen was hier los ist geh ich wieder. Ich würde Ihnen aber dringend empfehlen sich mal die Stahlseile oben an den Seilwinden anzusehen!" "Wieso? Was soll damit sein?" "Die sehen aus, als wären sie angesägt worden!" "Ich dachte Sie sind Sanitäterin? Da haben Sie doch keine Ahnung von." "Eigentlich bin ich Krankenschwester. Und ich hab die Stahlseile des, Gott sei Dank leeren, Aufzugs gesehen, der letztes Jahr im Krankenhaus in Reykjavik abgestürzt ist." "Ok. Ich schick gleich mal jemanden hoch zum Nachschauen. Danke Ihnen!"

Der Fahrer mit dem gebrochenen Bein wurde abtransportiert. Die innere Rampe mussten sie ihn hochtragen, wobei ihnen Arbeiter von der Baustelle halfen. Der weniger verletzte Fahrer war mit ein paar Schürfwunden davon gekommen und folgte ihnen zum Kraterrand um die Baustelle zu verlassen. Hier würde er bestimmt nicht mehr herkommen. Das kleine Volk hatte das wohl nicht gerne. Als sie die Trage im Krankenwagen verstaut hatten konnte der lauffähige Bulldozerfahrer mit diesen in die Stadt fahren, weg von diesem Ort. Die Arbeiter, die die Trage geschleppt hatten verabschiedeten die Sanitäter und gingen zu den Seilwinden um sich die gerissenen Stahlseile anzusehen.

"Die Krankenschwester hat Recht. Die Seile wurden angesägt. Das gibt Ärger." Der Bauleiter, der sich vorhin mit der Entdeckerin dieses Umstandes unterhalten hatte, kam in´s grübeln. Das gibt Ärger. Jetzt käme die Polizei und die Bauaufsicht um den Unfallort zu untersuchen. Dabei würden die sich auch fragen, was wir hier überhaupt machten. Auf jeden Fall käme es zu Verzögerungen, und die konnten wir uns überhaupt nicht leisten. Noch dazu wo die Magnetspule geschrottet war und damit die Zeit ohnehin davon zu laufen drohte. Außerdem war die Unternehmung doch geheim. Naja - zumindest so geheim wie derart aufwendige Arbeiten überhaupt sein konnten. Offiziell handelte es sich um ein Forschungsprojekt der Regierung um die geothermische Energie auf Island besser ausnutzen zu können. Das glaubte sowieso niemand. Energie war auf Island fast umsonst. Zumindest hielt man die Politiker für verrückt Geld in solche Forschungen zu investieren. Der Arbeiter, der die Nachricht überbrachte hatte einen schmutzigen schwarzen Stofffetzen in der Hand. "Und was haben Sie da noch?" Der Bauleiter deutete auf den Stofffetzen. "Ach ja. Das hat sich wohl jemand bei den Seilwinden abgerissen. Sieht aus wie die Kapuze von einer Jacke!" "Lassen Sie das mal da und helfen Sie dann drüben bei der Spule."

Und morgen kommt auch noch dieser Professor Caluci aus Rom. Alles Kaputt und der taucht auf. Perfekt!

-27- Elmsfeuer

Der Flug war sehr ruhig. Um wenig Aufsehen zu erregen nahmen wir einen Billigflug von Genf aus, wie das viele Touristen tun. Als wir die Flughafenhalle in Kevlavik verliesen empfing uns strahlender Sonnenschein und eiskalte Luft. Acht Grad bei stetigem Wind waren nahezu unerträglich. Meine Bomberjacke schaffte es einigermasen mich zu schützen, aber Hassan tat mir leid. So viele Jacken werden gar nicht produziert wie man bräuchte um hier einen Ägypter warm zu halten. Professor Caluci hatte den Fahrer von Hertz ausgemacht, bei denen wir uns einen Geländewagen gemietet hatten. Hassan, der Kardinal, Professor Caluci und ich folgten dem Fahrer zu seinem Wagen. Es hatte uns sehr viel Überrdeungskunst gekostet den Kardinal davon zu überzeugen, dass man hier nicht im Anzug herumläuft wenn man als Tourist Wasserfälle und Geysiere besichtigen will. Ihm eine Jeans aufzuschwatzen war noch viel schwieriger. Aber am schwierigsten war es dann auch noch eine passende Jeans zu finden. "Sie haben Glück", sagte der Fahrer zu mir, während wir zur Mietstation fuhren, "so schönes Wetter haben wir hier selten!" Ich schaute ihn etwas fragend an, wobei mir auffiel, dass er kurze Hosen und ein T-Shirt trug. "Ja schon," antwortete ich "vieleicht ein bisschen Kalt." Mit gespielter Entrüstung gab er zurück "Na wärmer werden Sie's nicht bekommen. Wir haben jetzt Frühling. Aber ich bin ja auch ein Wikkinger." Etwas gespielt entgleisten mir die Gesichtszüge, was den Wikkinger und schließlich auch mich in Gelächter ausbrechen lies. In der Mietstation bekamen wir erst einmal einen Schnaps zum Aufwärmen. Neben der Kleinigkeit, dass ich bis jetzt nicht wußte das es Lakritzschnaps überhaupt gibt und sich mein Magen erst mal ernsthaft mit mir darüber unterhielt ob das mein Ernst wäre, dass ich ihm sowas zumuten will, war es faszinierend, dass man in einem Land in welchem für Autofahrer 0,0 Promille angesagt sind von der Mietstation mit einem Schnaps empfangen wird. Der Mietwagen war schnell übernommen und wir machten uns auf in Richtung Vik. Irgendwo auf dem Weg mußte es von der Ringstrasse dann zur Hekla abgehen.

"Die haben meine Spule kaputt gemacht!" schrie Caluci "Das werden wir nie schaffen!" fügte er hinzu. Wir waren inzwischen im Krater angekommen. Der Kardinal blieb ruhig "Wir wissen doch noch nicht einmal bis wann wir das alles brauchen. Die Astronomen suchen immer noch nach einem Asteroiden oder einem Meteoriten der auf die Erde stürzen könnte. Sie wissen schon `und sein Name ist Wermuth` steht in der Offenbarung." "Jetzt sehen Sie sich das Ding doch erst mal an," meinte Hassan "vieleicht kann man´s ja reparieren." Ein schlanker rothaariger Isländer kam auf uns zu. "Professor Caluci mit Anhang?" fragte er. Sein Dreitagesbart hatte inzwischen wohl die zweite Woche in Angriff genommen. "Wir haben keine guten Nachrichten für Sie. Die Seilwinde, mit der wir die Spule in den Krater lassen wollten, wurde sabotiert. Das Ergebniss sehen Sie am anderen Ende des Kraters. Außerdem gab´es einen Toten und zwei Schwerverletzte". Der Kardinal bekreuzigte sich.

"Lassen Sie mal sehen...", sagte der Professor, "... das sieht ja furchtbar aus. Die äußeren Windungen sind hin. Haben Sie mal eine Durchleitungsprüfung gemacht? Wiederstandsmessung?" "Ja haben wir. Innen scheint nichts passiert zu sein." sagte der Zweiwochenbart. "Können wir hier ein Schwerlastgestell reinbringen und die Spule daran aufhängen?" "Das sollte machbar sein, aber Sie werden doch wohl die Spule nicht hier reparieren wollen? Ist die denn überhaupt reparierbar?" "Doch, genau das. Am besten ist das Gestell fahrbar und die Spule kann aufrecht auf einer Art Drehteller angebracht werden." "Wir versuchen es. Wieviel Zeit haben wir?" "Keine Ahnung. Irgendwas zwischen fünf Minuten und zehn Jahren?" Der Isländer schaute etwas verwirrt und schnappte sich sein Telefon um das nötige in die Wege zu leiten.

"Zumindest können wir den Kondensator schon mal testen. Den Laser hab´ ich dabei. Die Kabel liegen auch schon." Caluci schaute Hassan und mich an "Für den technischen Teil sorge ich schon. Für den msytischen und kämpferischen Teil seid Ihr dann zuständig." Hassan und ich schauten uns mit gemischten Gefühlen an und nickten dann zögernd.

Am Abend, wir saßen gerade beim Abendessen an einem Klapptisch auf Klappstühlen in einem Zelt im Krater der Hekla, legte der Kardinal sein Handy aus der Hand. Es war ein neues Handy, ein gelbes Simvalley. Eines von diesen robusten Handys für Baustellen; Stoß- und Wasserfest. Das passte genau in diese Situation. Was Hassan und ich nicht wussten; es war der Ersatz für ein Handy das vor einer Woche in Rom dem brutalen Anschlag eines Sicherheitsbeamten zum Opfer gefallen war. "Gibt´s neues aus Syrien und Rom?" fragte Caluci. "Seine Heiligkeit wird gerade öffentlich in der ganzen Weltpresse zerrissen, weil er diesen Diktator Assad um die Erlaubniss zu einem Staatsbesuch gebeten hat. Die Regierenden der ganzen Welt halten das für sehr undiplomatisch einem Diktator, der gerade sein eigenes Volk bekämpft, durch diesen Besuch den Rücken zu stärken. Seine Heiligkeit verkauft das der Welt als Friedensbesuch, womit er ja auch gar nicht so unrecht hat. In seinem Reisegepäck hat er als Gastgeschenk eine schweizer Armbanduhr, in der die Miniaturausgabe unseres Modulations-interferrenzgerätes steckt, natürlich Batterie- und Solar-betrieben. Erst wenn Assad diesem Einfluss entzogen ist wird man sehen wieviel Grundbösartigkeit übrig bleibt, und ob er bereit ist bei der Aktion von Meggedon mitzumachen, oder uns zumindest ungehinderten Zugang zu gewähren. In Rom haben wir inzwischen wohl `Wermuth` gefunden. Allerdings nicht die Astronomen, sondern die Klatschseiten auf Facebook. Irgendeine um die hundert Jahre alte Frau aus Bulgarien oder Rumänien hat wohl in Trance vorhergesagt, dass sich die Erdachse im Jahr 2026 verschiebt." "Und das glauben Sie?" fragte Caluci. "Nein, aber wir haben nichts besseres. Und die Fakten passen eigentlich ganz gut zusammen. Das hiese aber, dass wir zehn Jahre zu früh sind." "Na dann haben wir ja Zeit für die Spule..." ich atmete kurz auf. "Nein nein, freuen Sie sich nicht zu früh..." erwiederte der Kardinal. "Professor Caluci kann ihnen das bestimmt besser erklären." "Also ..." begann der Professor. Hassan und ich hörten gespannt zu. "Also, es ist so. Dieser tausenjährige Rhythmus der Gewalt ist, falls Sie alle nicht ganz daneben liegen, so zu erklären, dass die Frequenz der Branen in dieser anderen Welt und der Branen unserer Welt alle Tausend Jahre deckungsgleich ist. Dann sind sich die Welten so nah, dass es möglich wird von der einen in die andere Welt zu wechseln. Vorher haben sich die Frequenzen soweit angenähert, dass es zumindest möglich ist Informationen hindurchzuschicken. Je näher wir an dem Durchgangspunkt sind, desto leichter funktioniert dieser Informationsaustausch. Das würde den nicht aufhörenden Anstieg der Gewalt auf der Welt erklären. Der Zustand ist ja aber jetzt schon fast unerträglich, weshalb wir schnellstens versuchen sollten das alles zu beenden. Darum versuchen wir jetzt schon Euch da rüber zu schicken um diesem Spuk ein Ende zu bereiten." "Aha!" ließ ich mich vernehmen. "Und deshalb verstärken wir diese Abweichung im Magnetfeld der Erde, um eine weitere Annäherung der Welten zu erreichen. Und das elektrische Feld soll dann über die Krümmung in die veirte Dimension den Durchbruch schaffen. Wir schlüpfen durch hauen dem Antichristen eine rein und machen uns wieder dünn." "So ähnlich. Nur wissen wir nicht wie wir dem Antichristen eine reinhauen und wie wir den Rückweg schaffen. Wann sollen wir das Magnetfeld und das elektrische Feld umpolen um Euch wieder zurück zu holen?" "Na Danke!" sagte Hassan. "Nicht sieben Jahre in Tibet, sondern in der Hölle?" "Nicht ganz" warf ich ein. "Die brauchen uns gar nicht zurückholen" kam die Antwort von mir. "Der Zeitbegriff existiert da drüben entweder überhaupt nicht, oder zumindest ganz anders." "Also könnte das viel kürzer sein, oder auch viel länger?" "Im Prinzip ja, aber wir haben da eine Vorstellung wie das da abgeht. `Tausend Jahre sind vor Dir wie ein Tag`, Sprüche Salomons. Das heisst, das wir das natürliche, vollständige Überlagern der Frequenzen abwarten können und dann durch den natürlichen Ausgang wieder hierher kommen." "Hmm. Das müsste gehen." sagte Caluci, und der Kardinal nickte bedächtig.

Um Mitternacht bauten wir den Laser auf und richteten ihn durch die Mitte der beiden Aluminiumplatten auf die gegenüber-liegende Kraterwand. Die Arbeiten an der Spule wurden eingestellt und alle Leute, außer dem Bauleiter und uns, wurden aus dem Krater evakuiert. Dann wurden die überdimensionalen Kondensatorplatten geladen. Rejkjyavik, Kevlavik und Havnafjördur erlebten den ersten Stromausfall ihrer Geschichte während unser Laserstrahl einen Hopser von zwei Centimetern an der gegenüberliegenden Felswand machte. Die Lichter in der Hauptstadt gingen wieder an und wir waren enttäuscht. Das würde wohl nicht reichen. Bei einem Kaffee stierten wir alle konzentriert auf den Boden. "Wir müssen die Feldstärke erhöhen" murmelte Caluci vor sich hin. "Abstandsquadratgesetz..." brabbelte Hassan. Caluci und ich starrten ihn an "Ägyptologe?" sagten wir unisono.

Die Isländer hatten mitgedacht. Oder war es einfach nur praktischer wegen des Transportes? Auf jeden Fall waren die Kunststoffisolatoren der Platten auf Rollen gelagert. Wir liesen Ketten an den Isolatoren befestigen, und spannten je einen Traktor ein, der über den Kraterrand gebracht wurde. Die Platten wurden zunächst auf etwas weiter als die Spule dick sein würde aneinander gebracht. Alle beteiligten gingen auf Abstand und der nächste Stromausfall für die drei Städte fand statt. Die Regierung würde am nächsten Tag irgendetwas von heftiger Sonnenaktivität mit starken Polarlichtern über die Medien verbreiten lassen. Es zündete ein Lichtbogen und die Luft roch nach Ozon, noch bevor das laute "Aus!" durch die Nacht hallte. Die Traktoren heulten auf und rückten die Platten einen Meter weiter auseinander. Die Platten wurden geladen und bläuliche Elmsfeuer zuckten am Rand. Mit lautem Knall flogen einzelne blaue Funken durch die Strecke. Weitere fünfzig Centimenter mehr Abstand liesen die Elmsfeuer am Rand der Platten weiter leuchten, aber es flogen keine Funken mehr. Der Laserstrahl, den wir hindurch schickten wurde um 70 Grad abgelenkt. Das müsste reichen. Havnafjördur erstrahlte wieder im Glanz seiner nächtlichen Straßenbeleuchtung.

Damaskus ist ein lärmender Moloch. Der Konvoi mit dem Papst in der Mitte schlängelte sich durch die staubigen Straßen. Händler boten ihre Waren an, wurden aber von Sicherheitskräften daran gehindert sogar das Fahrzeug des hohen Staatsgastes zu bedrängen. Im Präsidentenpalast angekommen wurde seine Heiligkeit von Assad begrüßt und mußte gute Miene zum bösen Spiel machen, als er die Ehrengarde abschritt. Der Pferdeschwanz war unter lautem Prodest in einen Anzug gestopft und als Vertrauter und Berater des Papstes vorgestellt worden. Der Übersetzerpriester war auch im päpstlichen Gefolge. Während des gemeinsamen Abendessens überreichte seine Heiligkeit dem Präsidenten das mitgebrachte Gastgeschenk, welches dieser hoch erfreut annahm und auch sofort anlegte. Die schweizer Uhr stand dem Diktator sogar hervorragend. Die Typberater und Psychologen, die der Papst mit der Auswahl des Designs beauftragt hatte, hatten ganze Arbeit geleistet. Der Abend verlief mit belanglosem Gepländel und Assad verabschiedete sich relativ fürhzeitig. Er fühlte sich nicht ganz wohl. Es fängt also schon an zu wirken. Sehr gut. Der nächste Tag sollte mit einem Arbeitsfrühstück mit anschließendem zweistündigen Gespräch beginnen. Sehen wir mal wie weit sich der Präsident geändert hatte.

Beim Frühstück erfuhren die Gäste, noch bevor Assad ihnen Gesellschaft leistete, dass gestern auf ihren Konvoi schon nahe am Flughafen ein Selbstmordattentat geplant war. Der 16-jährige IS Kämpfer wurde aber von regierungstreuen Denunzianten verraten und sitzt jetzt im Gefängniss, wo er zu den Hintergründen befragt wird. Es gehört nicht viel Phantasie dazu sich vorzustellen wie physisch sich so eine Befragung in diesem Land gestalltete. Der Papst betete gemeinsam mit seinem Gefolge für den Attentäter und vergab ihm seine Absicht, während der Präsident sich zu ihnen an den Frühstückstisch gesellte.

"Euere Heiligkeit..." hörte man den Präsidenten. Irgendwer hatte ihn über die korrekten Umgangsformen informiert. "... es freut mich sehr, dass Sie mich mit Ihrem Besuch in meinem Land ehren. Gerade in dieser schwierigen Situation, in welcher sich mein Land gerade befindet, können Sie damit einen sehr wichtigen Beitrag zur Stabilisierung und zum Erreichen eines Friedens in meinem Land leisten. Zumal wir unsere Kräfte brauchen um diese unmenschliche und gefährliche Bedrohung durch religiösfanatische Terroristen einzudämmen. Seit einigen Tagen kämpfen sich diese Verbrecher weiter in Richtung Süden vor. Es hat den Anschein, als ob sie das ganze Land unter ihre Kontrolle bringen wollen." Er trug seine Armbanduhr, aber seine Ansprache lies bisher nicht erkennen ob seine Bösartigkeit abgeflaut ist. "Entschuldigen Sie bitte mein zu spät kommen," fuhr er fort "aber ich wurde beim Morgengebet aufgehalten. Endlich fand ich seit langer Zeit mal wieder Gelegenheit meinen täglichen Pflichten als gläubiger Moslem nachzukommen. Ich habe darüber die Zeit ganz vergessen." Seine Heiligkeit erwiederte, dass es keinen Grund gäbe sich zu entschuldigen, insbesondere, wenn der Dienst an Gott zu einer Verzögerung geführt hat. Er fängt wieder an zu beten. Das lässt hoffen. "Aber jetzt: greifen Sie zu und stärken Sie sich. Wir haben wichtige Gespräche vor uns, die unsere ganze Kraft brauchen werden." Sie luden sich die Teller voll und aßen reichlich. Der gereichte Kaffee war hervorragend. Dieser leichte Hauch von Cardamom, wie er in arabisch geprägten Ländern häufig in Kaffee zu finden ist, macht ihn zu einem echten Erlebniss. Ein Hauch von Weihnachten im Kaffee. Der Papst lehnte sich zufrieden zurück und genoss den Augenblick. Er trug eine ähnlich präparierte Armbanduhr, nur, seiner Bescheidenheit geschuldet, ein fünf Euro fünfundneunzig-Modell aus dem Supermarkt.

Die Pressekonferenz am Abend war sehr kurz. "Seine Heiligkeit und ich haben uns zu einem Plan für einen Waffenstillstand durchgerungen. Wir fordern daher die Führer der rebellischen Streitkräfte auf hierher nach Damaskus zu kommen um mit mir über diesen Waffenstillstand zu verhandeln. Bitte nehmen Sie Kontakt mit uns auf. Desweiteren hat mich seine Heiligkeit gebeten ihm die Erlaubnis zu geben in unseren südlichen Provinzen eine Messe zelebrieren zu dürfen, und allen Gläubigen in unserem Land und der Nachbarländer den Zugang dorthin zu ermöglichen. Er hat auch ausdrücklich muslimische Gläubige eingeladen um an dem dort stattfindenden Friedensgebet teil zu nehmen. Unsere religiösen Führer wurden beauftragt eine Stellungnahme darüber abzugeben, ob die Teilnahme für Muslime erlaubt werden kann. Insbesondere in Hinblick auf den Vers: `dies wird Euch gegeben um zu bestätigen was schon in der Welt ist, die Thora und das Evangelium` können unsere Würdenträger sich das aber vorab schon gut vorstellen. Meine Minister prüfen gerade sehr wohlwollend die technische Durchführbarkeit dieses Projektes . Da wir seiner Heiligkeit als Gegenleistung für seinen Besuch und seine Bemühungen um Frieden in unserem Land gerne die Gelegenheit dazu geben würden. Fragen der Damen und Herren von der Presse kann ich heute leider noch nicht zulassen, dafür sind die Gespräche noch nicht weit genug fortgeschritten."

"Es bilden sich weitere Sekundärpole über die ganze Welt verteilt." Die Stimme von Pferdeschwanz hörte sich resigniert an. "Professor Caluci hat mich vor einer halben Stunde darüber informiert. Sie machen an der Hekla gute Fortschritte, aber er weiß auch nicht, ob das angesichts der zusätzlichen Pole überhaupt noch Sinn macht." Der Papst und er spazierten durch die Gärten des Präsidentenpalastes. "Wieviele sind es denn?" "Mit dem hier, und dem unter der Hekla noch fünf weitere." "Und wo?" "Einer in Karnak, Ägypten. Einer in Ankor Wat in Kambodscha. Einer unter Stonehenge in England. Einer unter der Pyramide des Kukulkan in Chichen Itza, Mexiko. und einer unter dem Petersdom, den kennen Sie ja schon." Der Papst schwieg eine Weile. "Alles Kraftorte, wenn man den Anhängern dieser Geomantie glaubt. Der Antichrist setzt zum Gefecht an. Aber das ist doch zu früh! Die Konvergenz der Welten tritt doch erst in 10 Jahren ein." Der Pferdeschwanz erwiederte "Das schon. Aber das kann uns auch zum Vorteil gereichen." "Wie das?" "Irgendwie hat die andere Welt mitbekommen, dass wir bescheid wissen und Gegenmaßnahmen ergreifen. Also drängt ihn die Zeit. Deshalb versucht er jetzt schon zu uns durchzubrechen. Er sammelt seine Truppen. Aber er kann persönlich nicht am Kampf teilnehmen. Die beiden Welten sind noch zu weit auseinander. Diese Schwäche kann uns helfen, denn die Menschen die hier kämpfen können wir beeinflussen. Siehe Assad, oder Sie selbst." "Hmm..."

"Und? Gibt es schon Antworten von den Rebellenführern?" fragte der Papst beim Abendessen mit Assad. "Leider noch nichts. Aber wir sind guter Hoffnung." "Ich müsste meinen Besuch bei Ihnen für kurze Zeit unterbrechen, würde aber gerne wieder herkommen, um das Friedensgebet und den Gottesdienst zu leiten. Würden Sie dem Zustimmen?" "Natürlich. Was drängt Sie denn so?" "Die Vereinten Nationen tagen übermorgen um die Lage in Ihrem Land, aber auch über die zunehmende Gewalt in anderen Gegenden unserer Welt zu debatieren. Ich wurde als Staatsoberhaupt des Vatikanstaates dazu geladen." "Und ich wurde nicht eingeladen? Das ist ja schon wieder ein Faut pas der hohen Herren. Aber sei's d´rum. Übermitteln Sie den Tagungsteilnehmern meine Grüße und meine Friedenswünsche! Wann wünschen Sie zu reisen und noch viel wichtiger, wann kommen Sie wieder?" "Wir müssten morgen früh abfliegen." "Dann sehen wir uns noch zum Frühstück. Ich freue mich darauf. Schlafen Sie wohl und Allah i salmak!"

"Gute Nacht!" sagte der Papst etwas erstaunt. Er, Pfarrer Dolmetscher und Pferdeschwanz machten sich auf den Weg in ihre Quartiere.

Kaum hatten sie den syrischen Luftraum verlassen bat der Papst um eine Telefonverbindung zu seinem Sekretariat. "Bitte sorgen Sie dafür, dass ich eine Einladung zur UNO Versammlung morgen bekomme und sorgen Sie für die nötigen Überfluggenehmigungen nach New York. Suchen Sie mal eine von den älteren Friedensreden raus und ändern sie sie ein bisschen ab. Immer schön unverbindlich bleiben. Ich muss das morgen in New York verlesen. Außerdem kontaktieren Sie bitte die Staatsoberhäupter von Kambodscha, Mexiko, England und Ägypten. Sie mögen bitte auch in New York sein und einen Physiker ihres Vertrauens mitbringen. Außerdem brauchen wir je zwei Dolmetscher für die entsprechende Spache. Ich muß mich am Rand der Konferenz mit ihnen treffen. Machen Sie auch gleich einen Zeitpunkt und einen Ort für das Treffen aus. Möglichst abhörsicher! Sie sollen sich irgendeinen plausibelen Grund für die Reise einfallen lassen. Ach ja und legen Sie ein paar von unseren speziellen Uhren zurecht. Ich möchte sie den Herren schenken. Drucken sie meinetwegen das Vatikanswappen auf´s Zifferblatt, dann werden die sie schon tragen und wenn´s nur aus Eitelkeit ist. Wir bräuchten dann noch Diplomatenpässe für uns drei und eine Einreisegenehmigung in die U.S.A. Wir landen in 4 Stunden in Rom." Er legte auf. Zum Pferdeschwanz sagte er "bereiten Sie sich schon mal auf eine kurze und verständliche Erklärung für Ihre Kollegen vor. Und bringen Sie die Baupläne für die Spule mit. Am besten gleich ein paar mal kopiert."

"Es kann schon sein, dass Sie mich für verrückt halten. Aber durchdenken Sie doch mal was ich Ihnen geschildert habe." Es waren tatsächlich alle gekommen. Im Nebenraum erläuterten mittlerweile Pferdeschwanz und Hochwürden Dolmetscher-physiker Anselmo den Spezialisten die Details der Vor-kommnisse und des Plans um dagegen vorzugehen. "Bitte unterhalten Sie sich in der Pause mit Ihren Fachleuten darüber und teilen Sie mir dann Ihre Entscheidung, ob Sie bereit sind mir zu glauben und ob Sie bereit sind an der Rettung der Welt mitzuarbeiten, mit. Wir treffen uns heute Nachmittag um 15 Uhr zum Tee wieder hier. Inzwischen muss ich eine Friedensrede vor der UNO Versammlung halten." Der Papst erhob sich und verließ den Raum. Unter den Regierungschefs machte sich betretenes Schweigen breit. Sie starrten auf ihre neuen Armbanduhren und verliesen auch einer nach dem anderen kopfschüttelnd den Raum um sich mit Ihren Physikern zum Mittagessen zu treffen.

"Eigentlich würde ich Sie tatsächlich für verrückt halten. Aber zum Ersten sind Sie der Papst und damit schliesse ich diese Möglichkeit schon mal aus. Zum Zweiten wurde heute morgen Die Pyramide des geflügelten Schlangengottes Kukulkan in Chichen Itza wurde bei Wachwechsel kurz vor der Öffnung des Geländes für die Touristen in einem ... sagen wir mal ernstzunehmenden Zustand vorgefunden. Die Nachtwache erschien nicht zur Wachablösung, weshalb eine Suche eingeleitet wurde. Der tote Körper des Wachmannes lag mit aufgebrochenem Brustkorb und mit gebrochenen Gliedmasen am Fuß der Pyramide. Sein ganzes Blut war über die Stufen verteilt und sein Herz lag in der Wohnstatt des Gottes auf der Spitze der Pyramide. Mir sind das zu viele Zufälle. Mexico ist dabei! Mein wissenschaftlicher Berater hat auch gesagt, dass das was er zu hören bekommen hat zwar extrem unwahrscheinlich ist. Zu widerlegen ist es aber nicht. Und was haben wir schon zu verlieren. Das wird wieder ein großer Staatsauftrag für die heimische Wirtschaft, den wir als Förderung der Wissenschaften irgendeinem Entwicklungshilfeprogramm verkaufen." Der Präsident von Mexico hatte gesprochen.

"Ankor Wat hat gestern einen ähnlichen Vorfall erlebt." Ließ sich der oberste General vernehmen, den die Regierung von Kambodscha zu den Besprechung enentsendet hatte. "Zwar haben meine Soldaten die Verbrecher fassen können, sie werden gerade verhört, aber das Menschenopfer konnten sie nicht verhindern. Es scheint als ob der alte Kali-Kult, den die Engländer schon vor langer Zeit in Indien zerschlagen haben, plötzlich, und wie aus dem Nichts bei uns wieder aufblüht. Es erstaunt uns allerdings, dass die so in der Öffentlichkeit agieren. Normalerweise sind solche Sekten vorsichtiger. Denen scheint die Zeit davon zu laufen. Nur so lässt sich diese Unvorsichtigkeit erklären. Kambodscha macht gerne mit, allerdings wird die Finanzierung ein echtes Problem. Wir haben bereits erste Kontakte nach Vietnam und Thailand wegen der notwendigen Energielieferungen aufgenommen. Aber wir würden dringend Hilfe benötigen." "Na da schauen wir doch mal was wir den Europäern als Entwicklungshilfe aus dem Kreuz leiern können. Der Vatikan beteiligt sich auch, allerdings haben wir dafür natürlich in monatelangen zähen Verhandlungen Verbesserungen der Menschrechts-lage in Ihrem Land aushandeln können." erwiederte seine Heiligkeit.

"Italien übernehmen wir selbst" sagte der Papst, "schließlich liegt der Sekundärpol ja auch unter unserem Petersdom. Aus Island kam die Nachricht, dass es beim Aufbau der Spule zu einem Sabotageakt gekommen ist. Auch da gab´s einen Toten, allerdings bei einem Unfall durch die Sabotage."

"In Stonehenge kam es zu einem Bombenattentat," Gab der englische Vertreter von sich. "Mitten in einer Besuchergruppe ging gestern eine Bombe hoch. Es gab vier Todesopfer und zwölf Verletzte. Seit einigen Tagen sollen sich dort gerüchteweise nachts in dunkele Kutten gehüllte Gestalten herumtreiben. Es konnte aber noch niemand dingfest gemacht werden. Wir wollten eigentlich nicht mitmachen, nach diesem Vorfall sehen wir uns aber zum Handeln gezwungen, wobei offiziell nur die üblichen Polizeiermittlungen stattfinden. Wir werden dort aber ein wissenschaftliches Projekt starten das sich mit Geomagnetismus beschäftigt, damit wir, wenn es tatsächlich eng werden sollte, schon mal alles vor Ort haben."

"In den Karnak-Tempel drangen heute Nacht Verbrecher ein, die einen der Wächter niederschlugen. Denn zweiten Wächter nahmen sie gefangen, fesselten ihn und warfen ihn lebendig in eine Grube, die mit glühenden Kohlen angefüllt war, direkt vor dem Heiligtum des Amun. Die Schmerzensschreie des armen Wachmannes wurden vom Lärm der Stadt überdeckt. Deshalb fand man seine geschundenen Überreste erst am nächsten Morgen. Der sogenannte Islamische Staat hat sich schon im Internet mit dieser Tat gebrüstet und ein Video der Gräueltat veröffentlicht. Wir sind bereit alles zu tun, um diesem unmenschlichen Treiben ein Ende zu machen. Wir sind dabei. Die Strommenge die vom Assuanstaudamm erzeugt wird reicht zunächst einmal aus. Ansonsten ist auch der Sudan bereit uns mit Stromlieferungen zu unterstützen." Damit war auch mit Ägypten ein wichtiger Partner im Kampf gefunden. Die geheime Weltarmee stand.

-30- Der Waffenstillstand

"Die Rebellenführer haben sich gemeldet. Sie sind prin-
zipiell zu Verhandlungen bereit, trauen dem Präsidenten
aber nicht. Sie möchten gerne, dass Sie den Verhandlungen
als Garant für ihre Sicherheit beiwohnen." Der Priester
stellte sein Wasserglas wieder auf dem Tischchen ab als er
dem Papst diese Botschaft überbrachte. "Also zurück nach
Damaskus! Melden Sie uns schon mal an. Reicht der Treib-
stoff für einen Direktflug oder müssen wir in Rom auf ein
Eis landen?" Der Papst grinste müde.

Noch während des Fluges kam die Nachricht aus Island,
dass die Spule in der Hekla repariert sei und positioniert
ist. Man würde jetzt nur noch auf den Start des Unterneh-
mens Armagedon warten. Bis dahin müssen allerdings die
Sicher-heitsmaßnahmen intensiviert werden. Eine satanistische Sekte hatte versucht die Stromleitungen zur Hekla
zu kappen. Es konnte nur einer der Saboteure gefangen
werden, der natürlich zunächst nur wenig kooperierte. Erst
nachdem er eine unserer Uhren umgeschnallt bekommen
hatte war er nach etwa einem halben Tag zum Reden bereit.
Sie erhielten ihre Anweisungen was zu tun sei während
schwarzer Messen von ihrem Priester, nachdem der in eine
Art Trance gefallen war. Noch be-schränkten sie sich auf
das Opfern von Katzen, aber ein Menschenopfer sei geplant um sich am Stichtag, von dem noch keiner wußte
wann der denn ist, der mächtigen Hilfe Satans zu versi-
chern.

"Es freut uns Sie so schnell wieder hier bei uns begrüßen zu können, euere Heiligkeit. Ihre Räume stehen noch für Sie bereit. Der Präsident wird sich morgen zum Frühstück zu Ihnen gesellen." Der Bedienstete des Palastes führte die Drei zu den bekannten Zimmern, wo sie auch schnell im Bett landeten und tief und fest schliefen.

"A salam u aleikum. Es freut mich, dass Sie wieder gekommen sind. Bitte behalten Sie doch Platz. Wie war Ihre Reise nach New York?" Assad kam zum Frühstück. "Sie kennen doch Ihre Kollegen. Schöne Reden. Aber wenn´s an´s Eingemachte geht tut sich nichts." Erwiederte der Priester. "Da sind Sie schon anders. Ein Mann der Tat." Assad schaute seine Heiligkeit an. "Ich habe mir Ihr Gastgeschenk mal etwas genauer angesehen." Pferdeschwanz stockte kurz beim Essen. "Das Innenleben war besonders interessant. Meine Techniker meinten es hätte den gleichen Schaltplan wie das Hörgerät meines Großvaters. Aber es zeichnet nichts auf, und es sendet auch nichts. Es erzeugt nur ein zitterndes Magnetfeld, das aber in einem halben Meter Abstand schon nicht mehr messbar ist. Also ist es kein Abhörgerät. Deshalb trage ich die Uhr wieder. Und das, was auch immer Sie da reingebaut haben ist auch noch aktiv. Was ist das? Seien Sie ehrlich! Euere Heiligkeit darf doch sowieso nicht lügen." Papst, Priester und Pferdeschwanz schauten sich an. Nach einer Weile nickten sie. "Sie haben doch sicher einen abhörsicheren Raum." "Sie kennen meinen Ruf. Also: natürlich." "Könnten wir uns nach dem Frühstück dort zu einer längeren Unterredung treffen? Sie könnten mittlerweile die Oppositionsführer davon unterrichten, dass sich seine Heiligkeit wieder in Damaskus aufhält und für ihre Sicherheit garantiert. Ihre Sekretäre könnten dann schon mal einen Termin aushandeln." "So soll es sein! Und nun geniesen Sie Ihr Frühstück!"

Rührei, Spiegelei, Tomaten, Gurken, Joghurt verschiedenes Obst und die einzige Wurst, die man von islamischen Ländern kennt in rot und weiß, außerdem noch dreierlei Konfitüren. Für ein Bürgerkriegsland in dem auch noch der Terror wütet ließ es sich Assad ganz gut gehen. Die frischen Datteln schmeckten einfach herrlich. Und dazu wieder dieser Kaffee. Dieses einzigartige Cardamomaroma... Die drei aßen sich satt. Der Diktator tat es ihnen gleich und bat sie, nachdem sie das Frühstück beendet hatten, ihm zu folgen.

Der abhörsichere Raum war recht klein, aber gemütlich eingerichtet. Hier wurde normalerweise wohl nicht gefoltert. Außerdem waren sie mit Assad alleine, womit er unbewusst sein Vertrauen in die Kirchenmänner ausdrückte. "Also, was soll das?" begann er das Gespräch.

"Wie weit kennen Sie sich in der Bibel aus?" fragte der Priester. "Gar nicht. Wie Sie wissen bin ich Moslem." "Das hat nichts zu sagen. Der Koran bestätigt ganz ausdrücklich das Evangelium. Aber das tut hier jetzt nichts zu Sache. In der Bibel gibt es die Offenbarung des Johannes, die unsere Endzeitgeschichte ist, und den Sieg des Guten über das Böse vorhersagt, nachdem alle Sünder entweder geläutert wurden oder in die Hölle geschickt sind. In dieser Offenbarung wird das Böse in Gestalt eines Tieres verbannt, muß aber alle Tausend Jahre kurz freigelassen werden. Und die Tausend Jahre sind um." Assad schaute ihn an, als ob bei ihm nicht mehr alle Schaltkrallen richtig greifen würden. "Das ist jetzt nicht ihr Ernst?" "Leider doch! Sehen sich doch mal auf der Welt um. So viele Kriege hatten wir noch nie. Der Terrorismus versteckt sich diesmal hinter dem Islam. Vor tausend Jahren waren es die Christen, die vom Bösen verführt wurden und in die Kreuzzüge aufgebrochen sind. Die Schliche ist immer die gleiche. Der Antichrist, Satan, Teufel oder, wie Sie ihn nennen, Shaitan verführt Gläubige zu Gräueltaten und bereitet damit seinen Kampf vor. Diesmal gehen die Gläubigen in den Chihad, den heiligen Krieg. Was waren unsere Kreuzzüge denn anderes. Und sie glauben für Gott zu kämpfen, dienen dabei aber dem Satan. Ein paar Randerscheinungen, wie das Wiedererstarken nationalistischer Extremisten die Antisemitismus und allgemeinen Fremdenhaß verbreiten, runden das Bild ab. Sehen Sie nur nach Deutschland, oder die kommenden Präsidentschaftswahlen in den U.S.A. Russland, das die Krim heim ins Reich holt und so weiter." "Ok. Sie glauben also Armagedon steht bevor. Und was hat das mit mir zu tun?" "Sie sind der Präsident des Landes, in dem nach unserer Überlieferung der Endkampf stattfinden wird. In der Ebene von Meggedon werden die Armeen des guten und des Bösen aufeinander prallen." " Und die Armbanduhr" "Das wird jetzt wissenschaftlich, aber Sie sind ein gelehrter Mann. Da muß ich das Wort meinem Kollegen hier übergeben. Der war mit der Entwicklung des Gerätes und überhaupt mit den Vorbereitungen beschäftigt." Der Priester schnappte sich sein Teeglas und trank, während Pferdeschwanz das Wort ergriff. "Ich habe am Anfang kein Wort davon geglaubt, genau wie Sie, aber die Ereignisse haben sich überschlagen und Satan sieht sich im Zugzwang. Er versucht zu früh durchzubrechen, und das ist unsere große Chance diesmal mit einem blauen Auge für die gesamte Menschheit davon zu kommen. Kennen Sie sich in der Stringtheorie aus?" "Nicht so direkt." "Also, dann versuch ich die Strings zu umgehen. Sie haben aber schon mal was von der Theorie der Parallelwelten gehört, oder Quantenrealitäten?" Pferdeschwanz schob das letzte Wort sehr vorsichtig und langsam nach. "Die Parallelwelten kenn ich einigermasen." erwiederte Assad. "Also, dann glauben Sie mir mal daß wir über die Stringtheorien einen echten Hinweis auf die Existenz solcher Parallelwelten haben. Die Grundbausteine dieser Welten schwingen in mehreren Dimensionen. Diese Schwingungen überlagern sich. Alle Tausend Jahre kommt Wellental oder Wellenberg unserer Welt und einer anderen Welt, wohl der des Bösen also sowas wie die Hölle, zur Deckung und ein Durchgehen ist möglich." "Stopp! Das muß ich erst mal verdauen. Glauben Sie das wirklich? Ich geh `mal eine rauchen." sagte Assad und verschwand.

"Das mit der Seele müssen Sie ihm noch erklären," sagte der Papst, "sonst wird er das ganze Konzept nicht verstehen." Er trank von seinem Tee. "Außerdem wäre die Erklärung sowieso fällig gewesen. Glauben Sie der kauft uns ab, dass wir für einen Freiluftgottesdienst so viele Megawatt Strom brauchen? Und ein Gottesdienst mit einer überdimensionalen Magnetspule unter dem Altar erwekt bestimmt auch kein Aufsehen... Also: Holen wir ihn in´s Boot. Soviel Vertrauen muss sein."

Assad kam zurück. "Tun wir mal so, als würde ich Ihnen glauben. Wie geht das weiter?" "Gut," sagte der Papst, "Einen Aspekt noch bevor die Erklärungen weiter gehen. Über diese Stringtheorie haben wir einen Hinweis auf unsere unsterbliche Seele gefunden. Es könnte sein, dass diese Seele großteils in anderen Dimensionen existiert und sich nur durch eine kleine Überschneidung mit unserer Welt an uns festhält. Auf diesem Weg können wir, wenn wir die Seele benutzen, auf die andere Welt einwirken." "Ach deswegen dieser interkonfessionelle Weltgebetstag von dem man in letzter Zeit soviel hört?" "Genau. Wir versuchen die andere Seite damit zu schwächen. Das reicht zwar sicherlich in normalen Zeiten aus, aber wenn sich die Welten annähern wird das Böse zu stark in unserer Welt. Da brauchen wir noch mehr." erklärte der Priester "Aber jetzt soll unser Chefphysiker weiter erklären." Assad orderte neuen Tee und lehnte sich in seinem Sessel zurück. "Lassen Sie hören!" forderte er den Pferdeschwanz auf. "Einer unserer Spezialisten für Geomagnetismus hat einen kleinen,aber seit längerer Zeit stabilen und in seiner Intensität wachsenden Sekundärpol im Erdmagnetismus entdeckt." "Lassen Sie mich raten. Meggedon?" "Sie sagen es. Wir haben die Stärke hochgerechnet und eine Kurve erstellt. Die Umpolung passiert nach 333 Tagen. Eine Periode hat also 666 Tage." "Ähm - ja und? Das ist sehr lange, aber... ?" Der Papst sprang dem Pferdeschwanz zur Seite "In der Offenbarung hat das Tier eine Zahl. Wir haben Jahrhunderte darüber philosophiert was diese Zahl bedeuten soll. Die Numerologie der Jüdischen Kaballa hätte diese Zahl zum Beispiel aus dem Namen Nero errechnet. Hätte auch gepasst, denn der Text sagt genau `Die Zahl ist eines Menschen Zahl. Und seine Zahl wird sein 666`, aber nachdem die Periode der Magnetfeldschwingung berechnet war haben wir jetzt dazu doch eine andere Meinung, wie Sie sicher verstehen werden." Assad nickte nachdenklich. Pferdeschwanz fuhr fort. "Genaue Messungen haben ergeben, dass diese Schwingung moduliert ist." "Wie bitte?" "Moduliert. Das ist wie beim Radio. Auf eine Trägerfrequenz wird eine Information aufgesetzt, die man dann wieder hörbar machen kann." "Ich weiß was moduliert heißt," sagte Assad genervt "aber das würde ja bedeuten, dass da irgendeine Intelligenz dahinter steckt." "Sie sagen es. Die aufgepflanzte Welle sieht aus wie ein Ausschnitt aus einem EEG. Diese Information scheint Einfluß auf menschliche Gehirne zu haben. Wir haben einen Betroffenen einem PET scan unterzogen, dabei fiel auf, dass das limbische System viel zu aktiv war. Das limbische System ist ein archaischer Bestandteil unseres Gehirns in dem vor allem Aggressionen gesteuert werden." "Ich bekomme den Verdacht nicht los, dass das etwas mit meiner Uhr zu tun hat." sagte Assad. "Na dann haben Sie´s ja erkannt. Wie fühlen Sie sich damit?" "Naja. Irgendwie hab ich keine Lust mehr auf Krieg. Und es fühlt sich gut an." "Sehen Sie, dann kennen Sie jetzt den zweiten Weg, auf dem wir dem Bösen entgegenwirken wollen."

"Und warum hat Ihr Gerät so eine Art Rauschunterdrückung?" "Bis jetzt ist die Modulation immer die gleiche, sich wiederholende Information. Sollte sich die Modulation ändern, so im Sinn von Angriffssignal oder so was Ähnlichem müssen die Geräte schnell darauf reagieren und dieses neue Rauschen ausblenden. Wir wissen nur noch nicht wie wir diese Geräte an die Terroristen verteilen sollen. Wir werden wohl kaum zigtausende IS Kämpfer dazu bringen Vatikanuhren zu tragen." Assad grübelte kurz "Das lassen Sie mal meine Sorge sein. Wir Araber verkaufen notfalls Kühlschränke an Eskimos." "Haben Sie eine Idee?" "Eine grobe: Kein IS Kämpfer lässt sich eine Waffe entgehen. Wir spielen denen Gewehre in die Hand. Deren Logistik ist so gut, dass die ganz schnell in ganz Nordsyrien und im Nordirak verteilt sind. Wir giesen die Geräte in das Schulterstück der Gewehre und lagern sie in einem riesigen Waffenlager, dass der IS dann unter schweren Kämpfen erobern kann. Die Batterien könnten auch etwas größer sein, denn Solarzellen auf dem Gewehrlauf wären zu auffällig. Nur wenn die Batterien doch leer werden?" Pferdeschwanz schaltete sich wieder ein. "Mikrowellen! Damit können wir Energie übertragen. Wir brauchen nur noch eine Empfängerspule am Gerät und einen Mikrowellensender. Ich plan das mal schnell ein. Können wir uns morgen wieder hier treffen?" "Sicher. Planen Sie mal Ihre trojanische Spule - äh - Pferd. Seine

Heiligkeit und ich haben jetzt sowieso einen Termin für Waffenstillstandsverhandlungen mit den Rebellen. Nur eines noch: Wieviele von den Geräten haben Sie?" "Wir schaffen täglich 1500 Stück. Ein Hörgeräteakkustiker in Rom hat den Auftrag angenommen und produziert fleißig. Außerdem brauchen wir noch eine riesige Magnetspule." Assad sagte kurz "Geben Sie mir die technischen Spezifikationen. Ich sorge dafür, dass sie produziert und gleich nach Meggedon gebracht wird. Einen Mikrowellensender haben wir auch bei unseren Truppen rumstehen. Wir haben früher damit experimentiert."

"Nach ungefähr zehntausend Kriegstoten müßte es doch reichen, was Sie Ihrem Volk antun," sagte einer der Rebellenführer. "Revolutionen sind häufig gewalttätig. Und das Sie nicht einfach ankommen können und sagen `lieber Präsident wir möchten jetzt mal die Regierung übernehmen` dürfte Ihnen auch klar sein. Was haben Sie denn erwartet?" "Das die Vereinten Nationen eingreifen. Das Amerika und England und wer sonst noch auf unserer Seite kämpfen und Sie zum Teufel jagen, wie sie es woanders auch gemacht haben. Aber da standen wir ja ziemlich verlassen da." "Meine Herren," ließ sich der Papst vernehmen, "ich verstehe alle Ihre Argumente. Aber Sie werden verstehen, dass ich mich da auf keine Seite schlage denn beide haben versucht mit Gewalt ihre Positionen zu festigen. Und Gewalt kann nie eine Lösung sein. Deshalb sollten wir das Treffen heute nutzen um das zu erreichen, weswegen wir hier sind. Einen Waffenstillstand. Ihre gegenseitigen Vorwürfe können Sie später, wenn sich das

Land beruhigt hat ausdiskutieren und versuchen eine Lösung zu finden. Wie sieht es mit der beiderseitigen Bereitschaft aus die Waffen schweigen zu lassen?" Assad sagte:" Das habe ich Ihnen bereits zugesichert. Ich bin bereit den gegenwärtigen Zustand für sagen wir mal einen Monat zu garantieren und keine Waffen oder andere rechtsstaatlichen Instrumente gegen die Rebellen einzusetzen, soweit es sich um unseren Konflikt handelt." Der Kurde schaute ungläubig "Und das meinen Sie ernst? Sie wollen uns in Ruhe lassen?" "solange Sie keine kriegerischen Handlungen gegen meine Militärs oder die Bevölkerung zulassen wird es so geschehen." "Ähm... Und wo ist der Haken?" "Eine Bedingung hätte ich. In den von Ihnen kontrollierten Gebieten bekämpfen Sie die Terrorgruppen des IS weiter. Wenn es eng wird auch mit Unterstützung meiner Truppen. Ich werde auch mit Russland dahingehend verhandeln das die ihre Aktivitäten auf die Bekämpfung des IS beschränken." "Ach so. Wir sollen Ihnen die Terroristen vom Hals schaffen, und wenn wir dann geschwächt sind metzeln Sie uns gar nieder!" "Nein, so ist das nicht gedacht. Aber ich verstehe, dass sie so denken. Wie soll ich das nur begreiflich machen?" fragte Assad sich mehr selbst als seinen Gesprächspartner. Der Papst mischte sich ein "Und wenn wir die UNO bitten mit Friedenstruppen in Ihrem Land über die Einhaltung der Waffenruhe zu wachen? Und wenn wir die Waffenruhe nach diesem Monat schon jetzt verlängern, falls bestimmte Voraussetzungen in dieser Zeit geschaffen wurden?" Der Kurde und der Präsident schauten erst sich gegenseitig und dann den Papst an. "Könnte klappen" sagte der Rebellenführer und Assad nickte. "Könnten wir uns dann heute auf diesen Waffenstillstand einigen und die Details nach dessen Inkrafttreten besprechen?" fragte Assad sein Gegenüber. "So machen wir´s, inch Allah."

`Friedensverhandlungen unter einem guten Stern - Papst schafft Waffenstillstand in Rekordzeit` stand am nächsten Tag in der Süddeutschen Zeitung. Die Times und die Hyrriet schrieben änliches, genauso wie nahezu alle größeren und kleineren Zeitungen in der ganzen Welt.

"Die Spule ist fertig," hies es vier Tage später "und ist auch schon auf dem Weg nach Meggedon. Die Stromkabel aus dem Irak und aus Jordanien liegen auch schon, genauso wie unsere eigenen. Die präparierten Gewehre werden gerade vom IS erobert. Meine Soldaten hatten Anweisung sich zunächst heftig zu wehren und dann zu fliehen. Es gab zwar viele Verletzte, aber keinen Toten. Unseren Mikrowellensender haben wir repariert und auf die passende Frequenz eingestellt. Er ist auch schon auf dem Weg dahin. Unternehmen Armagedon läuft. Was wollten Sie eigentlich wirklich in New York? Ihre Friedensrede habe ich verfolgt - ähm - bis auf die Friedensgrüße von mir kannte ich die schon von vor vier Jahren." Assad lächelte. Der Papst lächelte freundlich zurück. "Es haben sich noch andere Sekundärpole gebildet. Wir vermuten also so etwas wie Notausgänge. Die entsprechenden Regierungschefs waren auch in New York und haben uns ihre Unterstützung zugesagt. Über diesen Sekundärpolen stehen bereits baugleiche Spulen und die Stromkabel sind auch schon gelegt."

"Und ihre Männer auf Island?" "Die warten auf ihren Einsatz. Derweil kämpfen sie gegen eine satanistische Sekte, die immer wieder versucht das Unternehmen zu sabotieren." "Dann können wir loslegen?" fragte Assad. "Ich möchte nur noch meinen Vorgänger als Konzelebranten hierher einladen. In Meggedon wird die Hauptschlacht stattfinden und da wären zwei Päpste sicherlich wünschenswert bei einer Messe und dem Friedensgebet. Außerdem kennt er sich mit den Schlichen des Bösen, aus seiner früheren Tätigkeit, sehr gut aus." "Die Einladung ist so gut wie raus. Aber jetzt mal im Ernst. Wenn das alles nur Spinnerei ist ... wie stehen wir dann da?" Assad schaute betroffen. "Als Förderer des Friedens und der Wissenschaft. Wir haben es geschafft alle Konfessionen, und sogar die Atheisten dazu zu bringen gemeinsam um Frieden zu bitten. Und wir haben uns an der Erforschung des Geomagnetismus beteiligt, weil einige Forscher davon ausgehen das unser Erdmagnetfeld demnächst umpolen müsste, was mit Klimakatastrophen und millionen von Toten verbunden wäre. Leider waren die Forschungen ohne Ergebniss." Der Papst lächelte und trank seinen Tee aus.

`Papst läd zum Weltgebetstag unter dem Moto Gebete für den Frieden ein` hieß es zwei Tage später in den gleichen Zeitungen, die schon die frohe Kunde vom Waffenstillstand verbreitet hatten. Er selbst würde zusammen mit seinem Vorgänger eine Messe in Südsyrien zelebrieren und anschließend das interkonfessionelle Friedensgebet leiten. Man habe für diese weltweite Geste des Friedens den kommenden Karfreitag gewählt, da gerade dieser Tag der Trauer in den christlichen Kirchen an die unmenschliche Gewalt erinnert, die Menschen schon vor zweitausend Jahren angetan wurde und heute, wenn auch in anderer Form, immer noch angetan wird.

"Die Poko Haram kämpft sich ziemlich barbarisch vorwärts, wird aber Meggedon kaum rechtzeitig erreichen. Die Ägypter stellen sich ihnen tapfer entgegen." sagte Professor Caluci zu Hassan und mir. "Und wie sieht es mit dem IS aus?" fragte ich. "In Europa waren in den letzten Wochen keine Anschläge mehr. Die Terroristen ziehen sich wohl über die Türkei in Richtung Syrien zurück um sich dort in den IS einzureihen und mit diesem nach Süden zu ziehen. Der Kampf nach Süden geht ohne große Verluste ab, die Kurden und Assad's Armee liefern ihnen Scheingefechte und lassen sie rasch vorwärts kommen." "Na dann geht's ja bald los. Wann ist der Weltgebetstag?" "Wir rechnen mit dem Eintreffen des IS in Meggedon in 5 Tagen. Seine Heiligkeit hat alle Führer Informiert die Gebete und Meditationen am kommenden Freitag um 3 Uhr mittel-europäischer Zeit zu beginnen. Über der Ebene von Meggedon wird sich zwölf Stunden später auch eine totale Sonnenfinsterniss ereignen, das passt doch wie die Faust auf's Auge. Zu dieser Zeit werden auch alle Magnetspulen einge-schaltet und wir versuchen hier nach drüben durchzudringen." "Na dann - gute Nacht schöne Gegend."

"Was sind das eigentlich für komische Steintürmchen, die sich da oben rings um den Kraterrand aufreihen?" fragte Hassan. Unser isländischer Bauleiter sah sich aufgefordert zu erklären. "Hier auf Island sind viele Feen,

Kobolde und Elfen unterwegs. Ihnen gehört das Land eigentlich. Als die Wikkinger damals nach Island kamen mußten sie sich mit dem kleinen Volk arrangieren. Schließlich wurden sie freundlich aufgenommen. Mit diesen Steintürmchen markieren wir Land, welches eigentlich für das kleine Volk reserviert ist, und bitten darum, dass die Feen und ihre Verwanden darüber wachen mögen." "Ach und Sie haben diese Feensteine aufgebaut?" "Nein, wir wissen nicht wer das war. Die Bevölkerung aus dem Umland hat aber spitz gekriegt, dass hier etwas außergewöhnliches abläuft und das es wohl Kräfte gibt, die dass sabotieren wollen. Darum werden sie diese Steine im Schutz der Dunkelheit aufgetürmt haben." Mit gemischten Gefühlen starrten wir in unser Lagerfeuer. Es war immerhin ein gutes Gefühl die Bevölkerung auf seiner Seite zu haben.

Die Brahmanen in Indien hatten ein Orakel befragt und ihm klar gemacht, dass das Frühlingsfest in diesem Jahr geschickterweise auf den christlichen Karfreitag zu fallen hat. Das haben dann die Sterne auch folgsam bestätigt. Nach den rituellen Waschungen in einem Fluß strömten in ganz Indien dann die Menschen in die Tempel und beteten für den Frieden. Mit dieser Stimmung gingen sie danach auf die Strassen und warfen im Freudentaumel ihre Farbbomben in die Luft. In Extase taumelten sie, vom freudigen Gedanken an Frieden beseelt, zusammen mit den anderen Gläubigen durch ihre Städte und tanzten und lachten, feierten, speisten und musizierten den ganzen Tag. Ein Land so voller Frieden, dass es kaum vorstellbar ist. Vierundzwanzig Stunden lang.

In Tibet wurde die große Glocke geschlagen. Der Dalai Lama rief über Funk und Fernsehen alle Buddhisten der Welt zur freudigen Meditation für den Frieden auf. Gebetsmühlen drehten sich in allen Klöstern und auf den Straßen in den Händen von gläubigen Buddhisten. Die Meditationen waren ein einziger, weltweiter Schrei nach Frieden. Vierundzwanzig Stunden lang.

Die Klagemauer in Jerusalem war an diesem Freitag ebenso überlaufen wie sämtliche Synagogen in ganz Israel. In einem Gebetsmarathon wurde die Thora komplet rezidiert, während die Gläubigen Juden dazu aufgefordert waren inbrünstig für den Weltfrieden zu beten. In den

Ritzen der Klagemauer, der Grundmauer von Salomon´s Tempel, steckten zigtausende von Zetteln mit der Bitte um Frieden. Die Feierlichkeiten zogen sich bis zum nächsten Tag, an dem sie gleich in die Sabbatruhe übergehen konnten. Vierundzwanzig Stunden lang.

Die Kirschblüten in Japan brachen an diesem Tag auf. Nicht nur in Hiroshima und Nakasaki sondern im ganzen Land begannen die Menschen die Friedensgebete in den taoistischen Schreinen und baten ihre Ahnen um ihre Hilfe um den Weltfrieden zu erreichen. Danach trafen sie sich unter blühenden Kirschbäumen und feierten den ganzen Tag, ohne den Gedanken an Frieden aus ihren Köpfen zu verbannen. Kabuki-Theater hielten mit ihren Darbietungen den Friedensgedanken am leben. Die Friedensglocke in Hiroshima wurde zu jeder vollen Stunde geschlagen. Vierundzwanzig Stunden lang.

In China rief die Partei einen Feiertag aus. Gefeiert wurde der Erfolg der heimischen Wirtschaft, der dem chinesischen Volk so viel Wohlstand gebracht hatte. Die erfolgreiche Arbeit der sozialistischen Regierung hatte diesen Erfolg ermöglicht und damit einen großen Beitrag geleistet um der Welt, als Beispiel dienend, zum Weltfrieden zu verhelfen. Die Bevölkerung wurde aufgerufen bei ihren Feierlichkeiten den Weltfrieden zum Kerngedanken zu machen. Vierundzwanzig Stunden lang.

Die Basiliuskathedrale auf dem roten Platz in Moskau

erstrahlte im Licht vieler Scheinwerfer. Alle russisch orthodoxen Kirchen hatten zum Weltgebetstag geladen. Die Arbeit in Russland stand still, und der Kremel hatte diesen Tag zum Feiertag erklärt. Stundenlange orthodox-christliche Zeremonien stimmten die Bevölkerung auf den Friedensgedanken ein. Während der anschließenden Festmahle in den Familien wurden Friedensgebete gesprochen. Mit den Kindern wurde gespielt, wobei sie immer wieder auf gewaltfreies Handel hingewiesen wurden. Vierundzwanzig Stunden lang.

In Europa begannen die Karfreitagsgebete in diesem Jahr viel früher. Die protestantischen genau so wie die katholischen Kirchen waren bis auf die letzten Plätze gefüllt. Überall wurden Strassenfeste organisiert, die unter dem Moto Weltfrieden jeweils zur vollen Stunde eine Friedensmeditation einbauten. Da das Osterwochenende sowieso überall Arbeitsfrei war war es auch nicht schwer die Menschen am feiern zu halten. Vierundzwanzig Stunden lang.

Die Moscheen in Afrika und in arabischen Ländern verlegten ihr Morgengebet nach vorne. Die Gläubigen wurden aufgefordert ihre Tagesgebete genau einzuhalten und bei jedem ihrer Gebete den Weltfrieden in den Fordergrund ihrer Bitten zu stellen. Auch die täglichen Geschäfte sollten sehr bedächtig abgewickelten werden mit dem Gedanken, dass Betrügereien, auch noch so kleine, Ursache für Streit sind und damit den Weltfrieden behindern. So sah man überall Menschen, die mitten auf den Wegen ihre

Gebetsteppiche ausrollten und sich gen Mekka verneigten. Touristen wurden freundlich gebeten hinter den Betenden vorbeizu gehen, um diese nicht in ihrer Andacht zu stören. Vierundzwanzig Stunden lang.

Der amerikanische Präsident begann den Tag mit einer Rede zur Lage der Nation, bereits am Vorabend zum Karfreitag. Das hatte wohl mit der Zeitverschiebung zu tun. Er stellte dar in wie viele Kriege das Land verstrickt ist, wieviele Menschenin den U.S.A. selbst dauernd durch Amokläufe getötet werden und wie groß die Gefahr des Rassismus im Land ist, insbesondere angesichts der anstehenden Neuwahlen. Er rief die Menschen dazu auf diesen besonderen Tag zu nutzen und an den Friedensgebeten, die in allen Kirchen des Landes, aber auch bei Veranstaltungen und Festen auf öffentlichen Plätzen stattfinden, teilzunehmen und andächtig und innig mit ganzer Seele für den Weltfrieden zu beten. Vierundzwanzig Stunden lang.

Selbst Kim Jong Un rief in Norkorea einen Tag der Feierlichkeiten aus und erlaubte seinem Volk die Errungenschaften seiner Regierung zu feiern. Dazu wurden Lebensmittel aus den staatlichen Magazinen geholt und landesweit in den Läden zu überhöhten Preisen angeboten. Es wurde angeordnet Feste für den Frieden zu feiern, wobei der Weltfrieden selbstverständlich nur unter einer Führung des Wohltäters Kim Jong Un zu erreichen sei. Die Feierlichkeiten sollten sich befehlsgemäss lange hinziehen. Vierundzwanzig Stunden lang.

Die indogenen Bewohner Südamerikas trafen sich an den alten Tempeln und Tempelruinen um in einer Mischung christlicher und mayanischer Rituale den Weltfriedensgebetstag einzuläuten, während die spanisch- und portugiesischstämmigen Einwohner die Kirchen bevölkerten. In gemeinsammen Feierlichkeiten verbrachten alle Bewohner gemeinsam den restlichen Tag und philosophierten dabei über Frieden und wie man ihn erreichen könnte. Vierundzwanzig Stunden lang.

Auf der Ebene von Meggedon war die Spule mit einem Altar umbaut worden. Ein riesiger, modern anmutender Baldachin war darüber gespannt. Tausende Besucher hatten sich schon am Vortag eingefunden und in Zelten übernachtet, um am nächsten Tag möglichst in einer der vordersten Reihen zu stehen, wenn die beiden Kirchenoberhäupter die Gebete leiteten und dann auch noch die Messe zelebrierten.

-33- Der große Tag

Es war noch stockdunkele Nacht als die beiden Päpste die Bühne betraten. Bei dem ´guten Morgen´ pfiff eine unerträgliche Rückkopplung über die Ebene, die von einem Techniker am Mischpult schnell ausgeglichen wurde. "Wir haben uns heute hier versammelt um den einen Gott um Frieden für die Welt zu bitten. Überall auf der Welt vereinigen sich die Menschen zur gleichen Stunde mit uns im Gebet für Frieden." Die Menschenmenge war mittlerweile auf zehntausende angewachsen. Moslems standen einträchtig neben Christen und Juden. Ein hoher Rabiner und die beiden islamischen Würdenträger, die den Papst schon in Rom besucht hatten gesellten sich auf der Bühne dazu. Übersetzer standen bereit um die Worte der hohen Würdenträger in verschiedene Sprachen zu übersetzen. Der Papst fuhr fort. "Meine geschätzten Gäste hier vor dem Altar werden abwechselnd mit mir Verse aus der Bibel, der Tora und dem Koran rezitieren und diese zum Anlaß nehmen ein Gebet einzuleiten. Beten Sie so, wie Sie es von ihren Eltern gelernt haben, jeder auf seine Weise! Heute nachmittag um 15 Uhr 30 Ortszeit wird dann eine Messe zelebriert, zu der alle Anwesenden eingeladen sind, gleich welcher Religion sie angehören. Wir beginnen jetzt." Der Papst verlas die Geschichte mit der Bergpredigt und nahm die Seeligsprechungen Jesu als Aufänger für das Fürbittengebet. Nach einer Stunde kam der Rabiner und erzählte aus den Büchern Moses wie dieser auf den Berg Sinai stieg und dort von Gott die zehn Gebote erhalten hat.

Nachdem die Übersetzer mit ihrer Arbeit fertig waren leitete er das dazugehörige Gebet. Eine gute Stunde später waren die beiden Mullas dran. Sie verlasen die gesamte dritte Sure aus dem Koran. Die Geschichte von der Familie Amrams und damit die Geschichte von Mariä Empfängniss. Die Übersetzung in verschiedene Sprachen dauerte lange. Und in diesem Geist wurde das daran anschließende Friedensgebet abgehalten. So ging es weiter. Die Religionsführer wechselten sich mit ihren Zitaten aus dem jeweiligen heiligen Buch ab und führten das daran anschließende Gebet. Um 14 Uhr wurde eine Pause eingelegt, während dieser bekamen die Massen zu essen. Es gab Brot und Trockenfisch was schon vor der Pause verteilt wurde.

"Die Truppen des IS sind noch etwa eine Stunde von hier entfernt. Die Batterien in den Gewehren sind fast alle ausgefallen. Wir müssen also mit den Mikrowellen arbeiten." Pferdeschwanz flitzte in den Technikcontainer, der hinter der Bühne mit dem Altar aufgebaut war. Man hatte sich entschieden gepulste Mikrowellen zu verwenden um die Energie zu übertragen, ähnlich wie der Funk bei Handys funktioniert. Denn so waren keine Schäden bei den Menschen zu erwarten. Also begann der Mikrowellensender seine Energiepakete zu senden, damit die IS Kämpfer schnellstmöglich unter den Einfluss der Welleninterferrenz kamen. Damit versuchte man sicherzustellen, dass die zu erwartenden Kämpfe möglichst unspektakulär abliefen und möglichst keine Toten zu beklagen waren, zumal die Truppen des Guten unbewaffnet waren. Wer kommt schon bewaffnet zu einem Weltgebetstag, und das waren inzwischen ungefähr hunderttausend Menschen, die sich vor der Bühne in der Ebene von Meggedon versammelt hatten.

Pünktlich um 15 Uhr 30 läutete eine mitgebrachte Glocke. Und der Papst begann mit seinem Vorgänger die heilige Messe zu zelebrieren. Im Hintergrund schlichen sich inzwischen die ersten Kämpfer des IS an. Mit, unter ihren Chelabas verborgenen, Gewehren mischten sie sich unter das betende Volk. "Kommt nur," sagte der Pferdeschwanz, meine Mikrowellen werden Euere Geräte in den Gewehren schon zum Leben erwecken. Den Rest gibt euch dann die große Magnetspule, wenn sie den Sekundärpol niederkämpft, und damit die Übertragung stoppt. "Entweder wenn ihr angreift, oder wenn irgendetwas merkwürdiges passiert schalte ich den Magneten ein."

Im Krater der Hekla liefen die Vorbereitungen auf Hochtouren. Es war eine kleine Plattform aus Holz auf den Magneten gebaut worden, und einige Stufen führten hinauf. Das ganze sah ein bisschen aus wie ein mittelalterlicher Richtplatz. Hassan und ich fühlten uns auch so. Rechts und links von der Spule ragten die beiden Aluminiumplatten des Kondensators auf. Dieser Magnet war der einzige weltweit, der dem magnetischen Sekundärpol nicht entgegen wirkte sondern ihn sogar noch verstärkte um eine Kovergenz der Welten zu erreichen durch die man dann mit Hilfe der Raumzeitkrümmung hinübergehen konnte.

Ein Rettungshubschrauber war am Kraterrand gelandet und die Besatzung, ein Mann und eine Frau kamen gerade mit ihren Rucksäcken und einer Trage die Rampe heruntergelaufen. Sie waren wohl für den Fall da, dass Hassan und ich verletzt von dort drüben zurückkommen, falls wir überhaupt zurück-kommen.Und nachdem wir nicht wußten wie das da drüben mit der Zeit verläuft wußten wir auch nicht wann.

Am Rand des Kraters huschten kleine Gestalten zwischen den Felsen herum. Sie waren kaum zu bemerken so gut hatten sie sich an die grauschwarzen Wände angepasst. Auf irgendetwas warteten sie, aber sie waren noch niemandem aufgefallen außer Hassan und mir. Wir sahen sie auch nicht, aber wir spürten ihre Präsenz. Und wir

spürten ihre Ungeduld. Und wir spürten irgendetwas wohl-
wollendes, das von ihnen ausging. Deshalb waren wir auch
nicht besorgt und verrieten ihre Anwesendheit nicht.

Es wird langsam Zeit sagte der Kardinal. Die Spule begann zu summen. Der Kardinal segnete uns und wünschte
eine gute Reise. Als wir die Stufen in Richtung Plattform
hinaufstiegen meldete sich das Handy des Kardinals.
"Highway to hell". Er hatte sich auf sein neues Telefon den
gleichen Klingelton gezogen wie er ihn schon auf seinem
verunglückten Samsung Galaxy hatte. Noch passender
konnte die Abschiedsmusik nicht sein. Hassan und ich
schauten uns an und begannen zu lachen. "Sehr gut! Sagte
eine leise Stimme. Den Humor werdet ihr noch brauchen.
Ich bin Fella. Und ich werde Euch in meiner Welt führen.
Bis zu dem grausamen Ort, den ihr Sucht. Da kann ich
Euch dann nicht mehr helfen." Die kleine Frau stand auf
der Plattform und schien so von einem Nebel umgeben,
dass sie kaum zu sehen war." "Vielen Dank!" sagten Hassan und ich gleichzeitig "Mit einem Fremdenführer fühlen
wir uns schon wohler".

Über der Spule verzerrte sich die Luft und das Licht,
das da durch ging sah aus wie die Fontäne eines Spring-
brunnens der aus der Mitte der Plattform entspringt. "Ladet
den Kondensator!" hörte ich noch Caluci rufen, dann
formte sich die Fontäne um zu einem Trichter aus dem
gleißendes Licht strömte. Wir stiegen die letzte Stufe zur
Plattform rauf und schritten in den Trichter. Fella war uns
vorausgesprungen.

"Sie sind durch" sagte der Kardinal am Telefon. "Nein es gab keine Schwierigkeiten aber ... Moment ... Die sind schon wieder da. Was ist da schief gegangen? Sie sehen furchtbar aus! Jaja ... sie leben. Die Sanitäter laufen gerade zu ihnen hin. Ich melde mich wieder, wenn ich mehr weiß. Wiederhören."

-35- Har Meggedon

Der Papst war bei der Wandlung angekommen. Es war genau 16 Uhr. Da schob sich der Mond vollends vor die Sonnenscheibe und es wurde dunkel. An den Stahlträgern, die den Baldachin über der Bühne mit dem Altar hielten zeigten sich Elmsfeuer und kleine Blitze zuckten zu Altar. Er und sein Vorgänger machten unbeirrt mit dem Ritual weiter.

In der Menge, die inzwischen auf fast das doppelte ange-wachsen war , es hatten sich wohl tausende von IS Kämpfern unters Volk gemischt, zogen einige hundert Menschen plötzlich Gewehre und feuerten in die Luft. Das waren viel weniger als gedacht. Anscheinend hatten die Spulen in den Gewehrläufen gute Arbeit geleistet. Die um-stehenden Gläubigen hatten die Kämpfer schnell über-mannt, entwaffnet und mit irgendwelchen Seilen von den umstehenden Zelten gefesselt.

Vor dem Altar verzerrte sich die Luft. Es bildete sich ein riesiger Trichter und eine rotglühende Gestallt setzte den ersten Fuß auf den Boden. Eine Sternschnuppe, heller, als die normal sind, tauchte am Horizont auf. Sie flog auf die Ansammlung von Menschen zu und krachte irgendwo im Hintergrund in den Bergen auf den Boden. Ein ohrenbetäubender Lärm kam vom Gebirge und quittierte den Einschlag. "Das darf doch gar nicht sein! Die natürli-che Konvergenz der Welten soll doch erst in zehn Jahren sein. Der dürfte da gar nicht durchkommen!" schrie der

Pferdeschwanz gegen den plötzlich aufkommenden Sturm an. Er schaltete den Magneten an. Es geschah nichts. Das Biest kämpfte sich weiter aus dem Trichter. Die beiden Vorderbeine und zwei Köpfe waren schon durch und das Tier wand sich wie ein Sumoringer, der versuchte eine viel zu enge Jeans abzustreifen. Die Sonnenscheibe färbte sich blutrot als der Mond noch ein Stückchen weiter gewandert war. Pferdeschwanz hatte inzwischen den Sicherungskasten aufgerissen und entdeckt, dass eine der drei riesigen Panzersicherungen durchgebrannt war. Er schaute sich um. In der Ecke lehnte eine Spitzhake, die die Bauarbeiter hier ver-gessen hatten. Er holte sie und hebelte damit die defekte Sicherung heraus. Jetzt kam es darauf an. Er rammte die Spitzhake so in die Halterungen der Sicherung, dass der Stromkreis geschlossen war. In diesem Augenblick schrie er auf und flog zurück. Sein Blick hing an dem Holzstiel der Hake, der verkohlt war und glitt dann zu seinen Händen, deren Innenflächen zwei rieseigen Blasen Platz gemacht hatten.

Ein dritter Kopf war mittlerweile erschienen und ein Hals ohne Kopf, dafür aber mit einer klaffenden Wunde, aus der dunkelrotes, fast schon schwarzes Blut schoß. Der Trichter fiel zusammen und hielt das Tier kurz hinter dem, was wohl so etwas wie der Brustkorb sein sollte fest. Das Tier tobte. Wie im Todeskampf schlugen die drei Köpfe und der kopflose Hals um sich. Die Krallen der Vorderbeine zogen tiefe Furchen in die Erde vor dem Rest des Trichters. Unser Magnetfeld war wohl nicht stark genug um die Konvergenz ganz zu verhindern, oder wieder aufzulösen. Der Durchgang aber war jetzt auf jeden Fall zu klein. Die hohen Würdenträger der drei Religionen forderten die Menge auf zu beten. "Wenden Sie sich an Gott. Bitten sie ihn um Hilfe. Das inbrünstige Gebet schwächt das Tier!" riefen sie immer wieder und die Dolmetscher übersetzten in alle möglichen Sprachen. Die Lautsprecher überschlugen sich, irgendjemand hatte sie aufgedreht in dem Versuch das Brüllen des Tieres zu überwinden. Tausende IS Kämpfer hatten inzwischen ihre Gewehre gezogen und feuerten auf das Tier. Der Bann, der sie offensichtlich seit Jahren gefangen gehalten hatte war endgültig von ihnen abgefallen, spätestens, als die Magnetspule die Barriere zwischen den Welten wieder gestärkt, wenn auch nicht ganz wieder hergestellt hatte. Aber die Kugeln schmolzen einfach auf der rotglühenden Haut des Tieres. Die Gebete schienen dem Tier mehr zu schaden als die Kugeln. Denn seit die Menschen wieder angefangen hatten zu beten wand sich Tier noch stärker als bisher in offensichtlichen Schmerzen. Plötzlich kippte das Tier nach vorne. Die Glut auf seiner Haut erlosch und die drei Köpfe und jetzt insgesamt vier kopflose Hälse prallten auf den Boden. Die Krallen der beiden Vorderbeine krallten sich noch einmal im Boden fest und zogen den zusammensinkenden Körper ein Stück von dem Trichter weg, welcher augenblicklich zusammenfiel. Die verzerrte Luft an der Stelle wo gerade noch der Durchgang in die andere Welt war verstrich wieder und man konnte denken, dass hier nie etwas seltsames geschehen sei wenn da nicht ein halber Körper gelegen hätte. Kurz vor der Stelle an der man so etwas wie eine Hüfte erwarten würde war das Tier wie abgehakt. Der Rest musste drüben geblieben sein. Aus der riesigen Amputations-wunde sickerte das selbe dunkelrote, fast schwarze, Blut wie aus den Halswunden. Die beiden Päpste bekreuzigten sich. Die Mullas fielen auf den Boden, gen Mekka gewendet und beteten, während der Rabbi seine Gebete mit dem Oberkörper wippend zu Gott schickte. Die Masse brach in Jubel aus, als der Mond die Sonne wieder frei gab und gleißendes Licht die Ebene einhüllte. In diesem Licht begann der leblose Körper des Tieres zu versteinern. Der Stein bekam Risse und zerbröselte schließlich zu Staub, den der Wind, zu dem sich der Sturm inzwischen gewandelt hatte, davontrug.

-36- Die andere Welt

"Sie befragen da jetzt gar nichts." sagte die Krankenschwester in barschem Ton zum Kardinal und Professor
Caluci. "Die beiden sehen übel aus und werden hier jetzt
erst mal gepflegt. Sie können übermorgen noch mal vorsichtig anfragen. Aber erwarten sie nicht zu viel!" Sprach´s
und verschwand im Krankenzimmer im Krankenhaus von
Rejkjyavik.

Hassan weckte mich auf. Er konnte sowieso nicht schlafen. Mein Schnarchen war so laut, dass er jeden Moment
auf das Erscheinen einer Krankenschwester mit einer Erd-
beben-warnung wartete. Und da ging auch schon die Tür
auf und die Schwester kam. "Wie geht´s uns denn?" "Uns?
Schlecht! Und Ihnen?" konterte Hassan. "Ihre Brandwunden sind zwar sicherlich sehr schmerzhaft, aber wir haben in Ihre Infusionen schon was gegen die Schmerzen
gemischt. Die Ärzte meinen das wird alles ohne Narben
abheilen." überging sie Hassan´s Antwort. "Da draussen
sind schon Ihre ersten Besucher. Ich hab´ sie auf übermorgen vertröstet. Sie brauchen jetzt erst einmal Ruhe. Haben Sie schon die Nachrichten gesehen? Ach nein, wie
denn auch. Sie sind ja gerade erst angekommen. Egal was
Sie da drüben gemacht haben. Sie haben es wohl in letzter
Sekunde geschafft. Das hatte doch irgendetwas mit den
Vorkommnissen in Syrien zu tun?" Ihr Redeschwall schien
kein Ende zu finden. Aber irgendetwas wußte sie. Dann
erinnerte ich mich. Sie war als Sanitäterin mit im Krater.
"Wie lange waren wir drüben?" fragte ich sie. "Nur ein paar

Sekunden. Aber Fella hat mir schon mal erzählt, dass die Zeit in der anderen Welt viel schneller verläuft. Hat sie und ihre Familie Ihnen helfen können? Ich habe sie gebeten sich da drüben etwas um sie zu kümmern, da ich denke, dass das was Sie da drüben gemacht haben bestimmt etwas gutes ist. Außerdem hat mir Fella schonmal erzählt, dass da irgendetwas im Ganmge ist, wovor sich das kleine Volk in der anderen Welt fürchtete und das irgendwie auch etwas mit unsererWelt zu tun hat. Na nach den Vorkommnissen in Syrien weiss ich jetzt auch, was sie damit gemeint hat." "Was war den in Syrien los?" fragte Hassan. Unsere Schmerzen waren der Neugier gewichen. "Ach ja, Sie wissen ja von nichts. Also bei diesem Weltgebetstag, der im Fernsehen übertragen wurde, waren die Päpste gerade dabei die Messe zu zelebrieren. So ungefähr um zwei Uhr heute Nachmittag, dort war es wohl schon vier, kam es zu einer Sonnenfinsternis und vor dem Altar versuchte ein glühendes Monster aus soetwas wie einem Lufttrichter zu steigen. Es hatte ein paar Köpfe, aber ein paar davon waren schon abgetrennt. Plötzlich verkleinerte sich der Lufttrichter und das Biest steckte fest. schließlich fiel es tot um und zerbröselte. Ach ja. Und ein Meteorit oder soetwas ist dahinter in die Berge gekracht. Da haben Sie doch mitgemischt oder?" "Mit dem Meteoriten haben wir nichts zu tun, mit der Sonnenfinsternis auch nicht." sagte Hassan zur Krankenschwester. "Da hat sich die alte Frau in Bulgarien..." "oder Rumänien..." fügte Hassan ein "... wohl doch getäuscht. Wermuth ist schon gefallen. Was da in zehn Jahren passieren soll weiß ich nicht. Hat aber sicher nichts mehr mit uns zu tun. Das war schon die vollständige Konvergenz der Welten." sagte ich zu Hassan. Die Krankenschwester spitzte die Ohren "Wermuth? Konvergenz? Alte Frau? Erzählen Sie! Ich liebe spannende Geschichten." "Haben Sie keinen Dienst?" fragte ich. "Seit zehn Minuten aus. Aber ich habe mich freiwillig gemeldet über Sie zu wachen. Wir haben die ganze Nacht Zeit! Natürlich nur wenn Sie wollen." Fügte Sie schnell noch hinzu, aber so, dass klar war, dass sie sowieso keine Ruhe geben würde bis sie alles wußte. Also fing Hassan an zu erzählen: "Fella war kurz vor uns drüben. Wir kamen in eine wunderschöne Gegend. Wiesen aus gelbem Gras überzogen Täler und Hügel. Der Himmel war rosa und hellblaue Schäfchenwolken zogen vor der violetten Sonne vorbei. Fella führte uns in ein Tal, daß von schroffen, braunen Felswänden eingerahmt war. Dort kamen wir in ein kleines Dorf. Bläulicher Rauch kam aus den Schornsteinen der kleinen Hütten aus moosgrünen Steinen. Wir konnten nicht in die Hütten hinein, dafür waren sie einfach viel zu klein aber Fella´s Familie erwartete uns auf dem Dorfplatz und lud uns ein am kleinen Lagerfeuerchen zu sitzen. Fella´s Vater begann uns willkommen zu heissen und erklärte, dass wir diese seltsamen Farben nur deshalb so wahrnehmen, weil unser Verstand versucht das was wir sehen können zu interpretieren und das was wir nicht sehen können, was aber ganz offensichtlich in der Wahrnehmung fehlt zu ergänzen. Die Fehlfarben, die wir sehen wären nur das Ergebniss dieses Interpretationsversuches. Ihnen ginge es in unserer Welt auch nicht anders. Er erzählte uns, dass die Zeit hier nicht so langsam vergienge wie in unserer Welt, so dass wir uns, falls wir zurückkämen nicht wundern sollten, wenn da erst ein paar Minuten vergangen seien. Und dann erzählte er uns von einer Legende, die sein Volk schon seit langer Zeit erzählt, die sich aber in diesen Tagen wohl bewahrheiten sollte. Hinter den Bergen gibt es ein Reich des Bösen. Regiert wird es von dem grausamen Lumifact, einem drachenähnlichen Dämon mit Hörnern, sieben Köpfen mit rotglühenden Augen, ledrigen Flügeln mit Krallen, riesigen Wolfspfoten als Hände und einem Ziegenfuß sowie einem Pferdehuf hinten. Der, so heisst es, plane in die Andere Welt durchzubrechen um dort die Menschen in's Verderben zu führen. Zwei Reisende aus der anderen Welt sollten kommen, um gegen Lumifact zu kämpfen und um damit ihre Welt zu retten. Aber auch unsere Welt hätte ihren Nutzen davon, da dieser Kampf den grausamen Herrscher für tausend unserer Jahre schwächen würde. Die beiden Reisenden wären wie Zwillinge und das würde bei uns ja voll zutreffen. Jan verlangte nach einem Spiegel in dem wir uns betrachten konnten und tatsächlich, hier in dieser Welt sahen wir fast gleich aus. Fella's Vater erklärte weiter, dass wir nicht verwundert schauen brauchten. In dieser Welt wäre zwar unser Körper aus der anderen Welt anwesend, kann hier aber nicht gesehen werden. Was wir hier zu gesicht bekommen sind die Ausläufer unserer Seele, die in diese Welt eindringen. Und da wären wir wohl ziemlich gleich. Also doch seelenverwand. Fella drängte uns zum Aufbruch. Wir würden noch eine lange Wanderschaft vor uns haben bis wir in Lumifact's Reich ankämen."

Hassan schwächelte etwas und fragte nach etwas zu trinken. Die Schwester verschwand um nach einer Minute mit einer Flasche Mineralwasser zurück zu kehren Hassan trank.Und ich übernahm das Erzählen.

"Aus dem braunen Fels brach ein Wasserfall heraus, dessen grünes Wasser in einem kleinen Bach landete dessen Verlauf wir folgten. Es ging durch die Ebenen mit gelbem Gras auf einen Felsen zu, an dessen Fuß sich das Wasser in eine Höhle verabschiedete. Fella blieb kurz stehen. Sie warnte uns, dass es in dieser Höhle Wesen gäbe, die unseren Fledermäusen ähnelten, die aber nicht Insekten jagten, sondern Menschen angriffen. Es sei aber der kürzeste Weg in das, was wir Hölle nennen. Es wurde sehr dunkel, eigentlich konnte man die Hand vor Augen nicht sehen. Trotzdem erkannten wir tausende starrende Augen, die uns verfolgten. Unsere Seelen konnten sehen. Die Augen lösten sich von der Decke und stürzten sich auf uns. Fella rief `lauft!` und wir rannten. Die Krallen der Fledermäuse krallten sich in unsere Rücken. Fella kam hinter uns nach und kämpfte mit ihrem Schwert gegen die Angreifer. Die, die uns trotzdem erreichten zupften an unseren Haaren und schlugen ihre Zähne in unsere Schultern. Aber da war auch schon das Ende des Tunnels in Sicht. Ein heller rosa Fleck wuchs schnell zu einem ansehnlichen Ausgang, durch den wir uns nach drausen warfen. In Hassans Rücken war eines dieser Flugmonster hängen geblieben und als es von den Strahlen der violetten Sonne getroffen wurde erstarrte es und zerfiel zu Staub. Wir rasteten. Fella wusch unsere Wunden mit dem grünen Wasser des Baches aus und verband sie mit dem gelben Gras, dass sie in Windeseile zu so etwas ähnlichem wie Binden geflochten hatte. Wir schliefen erschöpft ein. Als Hassan und ich wieder aufwachten brannte ein kleines Feuer. Seine wärmenden Flammen züngelten bläulich nach oben. Einige Äste von den umstehenden Büschen dienten als Brennmaterial. Fella hatte die Wache übernommen. Als sie bemerkte, dass wir wach waren drängte sie auf die Weiterreise. Am Himmel stand ein prächtiger Erdbeermond und beleuchtete die gespennstische Umgebung.´Wir kommen jetzt in die Ebene der Irrlichter und Moorgeister´ warnte uns Fella. ´Man kann nur mit deren Hilfe durch das Moor kommen, aber einige lügen, andere sagen die Wahrheit. Viele aus unserem Volk sind schon im Moor umgekommen, weil sie den falschen trauten. Auch ich weiß nicht sicher wer lügt und wer nicht. Das müssen wir von Fall zu Fall entscheiden und hoffen, dass es gut geht.´ Wir machten uns auf den Weg. Hier und da waren kleine blaue Flammen zu sehen, die den Weg spärlich beleuchteten. Doch plötzlich waren die Irrlichter weg und eine nebelhafte Gestalt stellte sich uns in den Weg. Fella fragte nach dem richtigen Weg. Die Gestalt zeigte ohne zu zögern nach links. Und Fella folgte dem gewiesenen Weg. Dann zeigte sich der zweite Moorgeist. Anders als der erste sah er wohlgenährt aus und trug einige Schmuckstücke. Der Nebel der ihn umhüllte schien schwach zu glänzen. Er zeigte auf die Frage nach dem richtigen Weg hinter sich. Fella wollte gerade wie gewiesen geradeaus gehen, doch ich stoppte sie. ´Der lügt´ sagte ich. ´Woher willst Du das Wissen?´ fragte sie neugierig. ´Die Götter, die dauernd die Wahrheit sagten, wurden scheinbar geringer und ärmer. Darum wird einer, der beständig die Wahrheit sagt, scheinbar geringer und ärmer. Schließlich aber gedeiht er wie die Götter. Die Dämonen dagegen, die dauernd die Unwahrheit sagen, glänzten äußerlich wie Salzboden und wurden scheinbar reich. Darum glänzt der äußerlich wie Salzboden, der dauernd die Unwahrheit sagt. Aber zum Schluß versagt er doch, so wie die Dämonen. Aus dem Shatapatha-Brahmana in den Upanishaden der Vedas, also der heiligen Bücher des Hinduismus.´ Wobei das mit den Göttern ein Problem bei der Übersetzung sein muß. Denn auch im Hinduismus gibt es nur einen obersten Gott, den Prajapati. Das was wir dauernd für die Götterwelt der Hindus halten würde ich eher mit Wesen wie unseren Engeln vergleichen. Also beschloß Fella mir zu glauben und wir bogen rechts ab. Wir trafen noch drei weitere Moorgeister, die wir nach ihrem Äußeren beurteilten und dementsprechend Lüge von Wahrheit unterschieden. Und schließlich waren wir durch das Moor durch. Es dämmerte. Die violette Sonne erhob sich über den Horizont und warf ihr wärmendes Licht über die gelben Grasflächen. Wir beschlossen zu rasten. Der Weg durch das Moor war doch recht anstrengend. Am Abend sollten wir laut Fella in Lumifact´s Reich ankommen."

Hassan sah wieder besser aus, dafür hatte ich jetzt Durst. Unsere Krankenschwester zeigte wortlos auf die

Mineralwasserflasche, doch ich schüttelte mit dem Kopf. "Haben Sie hier imKrankenhaus irgendwo ein Bier rumstehen?" Unwillig und irgendwie trotzdem verständig verschwand die Kranken-schwester und kehrte nach ungefähr fünf Minuten mit einer Dose echt isländischem Bier wieder. ˈZwei Prozent. Also doch Mineralwasserˈ sagte ich. Wir lachten alle drei herzlich und Hassan löste mich beim Weitererzählen ab.

"Der weitere Weg durch die Ebene verlief ohne Zwischenfälle. Schließlich kamen wir auf einem Hügel an, der auf der anderen Seite senkrecht abfiel und in einen Schacht mündete. Fella hatte schon während des ganzen Tages dieses gelbe Gras gesammelt. Sie setzte sich nieder und begann zu flechten, während sie uns losschickte noch mehr Gras zu holen. Das Zeug war ganz schön zäh und lies sich nur schwer abreisen. Das daraus irgendetwas stabiles zu machen war konnte ich mir gut vorstellen, trotzdem dachte ich mit ziemlich gemischten Gefühlen an den Abstieg, den Fella offensichtlich für uns mit Hilfe dieser Grasseile vorbereiten wollte. Wir hofften, dass sie wußte, was sie da tat. Wir hatten uns an den Fuß des Hügels zurückgezogen, und Fella hatte wieder ein kleines Feuer gemacht. ˈDiese Nacht müsst ihr noch schlafen, damit ihr morgen erholt seid wenn ihr in die Hölle absteigt. Dort müsst ihr nach einem großen, runden Tor suchen. Das wird der Durchgang zu Euerer Welt, wenn Lumifact versucht da durch zu kriechen. Verhindert entweder, dass es geöffnet wird, oder schliesst es möglichst schnell wieder. Mehr könnt ihr nicht tun. Lasst Euch nicht von den Schrecken aufhalten, die ihr unterwegs seht. Es muss einfach grausam sein, wenn das stimmt was unsere Geschichtenerzähler an den Lagerfeuern berichten.´ ´Ähm ... gehst Du wohl nicht mit?´ fragte ich sie ´Das habe ich Euch doch gesagt, ich kann Euch nur bis zum Eingang der Hölle führen. Dort seid ihr auf Euch allein gestellt. Ich wäre dort zu auffällig, weil die mich hier ganz sehen können. Von Euch sieht man nur die Seele. Und glaubt mir: geschundene Seelen gibt es dort genug. Ihr werdet gar nicht auffallen, wenn Ihr Euch unter die mischt.´ Also schliefen wir, wenig beruhigt, ein.

Der Morgen kam. Die violette Sonne lugte gerade über den Horizont als uns Fella weckte. Es wurde Zeit für uns. Fella hatte die ganze Nacht an dem Seil geflochten und band es jetzt am Stamm eines Baumes Fest, der auf dem Hügel wuchs. Jan hatte doch etwas Bedenken mit der Haltbarkeit des Seiles, weil er an seine, hmm ... sagen wir mal etwas fülligere Figur dachte. Das Seelen sehr leicht sind bekam er einfach nicht in seinen Kopf, und so dachte er dauernd an seine nicht vorhandene Sportlichkeit als er nach mir das Seil ergriff, sich von Fella verabschiedete und mir dann nach unten folgte. Wir kamen auf einem Felsvorsprung an. Hier war es gut warm. Über den Fels-vorsprung schauten wir nach unten und sahen Ströme blauglühender Lava. Auf anderen Felsvorsprüngen saßen diese Fledermausartigen Geschöpfe die sich nach Außen lehnten und nach umherschwebenden Seelen fischten, die sie, wenn sie sie erwischten, mit Schwung nach unten in die Lava schleuderten.

Rechts von unserem Vorsprung ging so etwas wie eine sehr unregelmäßige Treppe hinunter in den Abgrund. Wir machten uns auf den Weg. Nach einiger Zeit, wir tropften wie Kieslaster so sehr schwitzten wir, deutete Jan nach oben. Da war ein Mann an den Felsen gekettet. Sein Blut lief die Felswände herunter zu uns und Raben kreisten um ihn, die seinen Bauch aufgehakt hatten und mit jedem Anflug auf ihn ein kleines Stück seiner Leber herausrissen. Die Schmerzensschreie waren unerträglich. Aber, wie Fella uns aufgetragen hatten liesen wir ihn hängen und gingen weiter. Jedes Mitleid, jeder Akt der Gnade würde in diesem Reich sofort auffallen. Und das war das letzte, das wir jetzt brauchen konnten.

Auf dem Boden angekommen sahen wir uns um, und fanden einen schmalen Pfad, der zwischen den Lavaströmen hindurch führte. Weit im Hintergrund konnten wir schemenhaft etwas großes rundes erkennen. Das Tor? Wir gingen weiter. Zu unserer linken sahen wir einen großen Hügel, an dem Ein anderer Mann damit beschäftigt war einen Stein hinaufzurollen. Oben angekommen kullerte der Stein auf der anderen Seite wieder hinunter. Der Mann rannte hinterher und rollte den Stein wieder hinauf. An der eingegrabenen Spur in dem Fels konnte man erahnen, dass der Mann schon seit Jahrhunderten damit beschäftigt war. Auch den liesen wir weiter seine Arbeit tun.

Wir stolperten weiter über den unebenen Weg. Jan zog mich plötzlich hinter einen Felsvorsprung zurück. ′Da

vorne kommt ein großer Hund.´sagte er. Ich schickte die
Augen meiner Seele aus und sagte erleichtert ´Nur eine
Statue. Sowas wie Anubis bei den Ägyptern. Könnte aber
interessant sein. Lass uns hingehen.´ Wir schlichen langsam hinter unserer Deckung hervor und eilten dann auf die
Statue zu. Sie war pechschwarz, genau so wie in Tut Ench
Amun´s Grab. Naja. Kein Licht ist kein Licht, auch in dieser Welt. Darum auch die schwarze Farbe, wie bei uns. Der
Hund war riesig. Eigentlich war es auch ein Schakal. In
seinem Sockel war eine hieroglyphische Inschrift einge-
meiselt. Ich begann sie mir genauer anzusehen.
Altägyptisch, das war noch nie mein Hobby. ´Könnte
etwas länger dauern´ sagte ich zu Jan. ´Pass Du schon mal
auf, dass wir keine unliebsammen Besucher bekommen.´
Jan setzte sich hin und meditierte. Seine Seele schweifte
umher und beobachtete das Geschehen rings um uns her."
Trinkpause. Hassan leerte seine Mineralwasserflasche und
fragte nach Nachschub. Ich tat es ihm gleich, was der
Krankenschwester ein missfälliges Grunzen entlockte
"Naja, Sie brauchen ja heute nicht mehr zu fahren." Sie
machte sich auf den Weg. Nach einer halben Stunde kehrte
sie zurück. "Mineralwasser ist ja nicht das Problem, aber
Bier habe ich keines mehr gefunden. Jetzt musste ich
schnell zur Tankstelle fahren um etwas zu besorgen." "Sie
Arme!" feixte ich und übernahm jetzt wieder den Erzähl-
part. "Sie ahnen gar nicht wie anstrengend dieses
bewegungslose Herumsitzen ist, das man meditieren nennt.
Auf jeden Fall beendete ich Hassans ägyptologische
Studien abrupt mit dem Satz ´Da kommt was großes!´ Wir

versteckten uns hinter dem großen Hund und sahen wie ein siebenköpfiger Drache mit zwei Hörnern und einem Diadem auf jedem Kopf an uns vorbei in die Richtung des großen runden Tores schlich. Aus seinen Nasen kam Rauch und es stank nach Schwefel. Seine Wolfspfoten waren schon an uns vorbei, jetzt kamen noch die Hinterbeine. Ein Ziegenfuß und ein Pferdehuf. Der lange Schwanz peitschte hin und her. Er traf unseren Hund, der in tausend Teile zersprang. Ein Geröllregen prasselte auf uns nieder. Aber er entdeckte uns nicht. Hassan schlich sich um die Ecke herum und beobachtete, wie das Tier weiter Richtung Tor ging. Kurz vor dem Tor sprach einer der Köpfe mit einer Seele, die mit irgendetwas anderem beschäftigt war. Die Gestalt stellte sofort ihr Tun ein und ging auf den großen runden Stein vor der Öffnung zu. Sie stemmte sich dagegen und der Stein kam langsam und ächzend ins rollen, bis die dahinterliegende Öffnung zu sehen war. Das Tor sah aus wie ein gewaltiger Luft-strudel hinter dem man schemenhaft viele Menschen er-kennen konnte. Das Biest ging darauf zu. Hassan beschäftigte sich wieder mit der Inschrift auf dem Sockel. Zum Glück hatte er den oberen Teil schon geschafft, den nach dem Schwanzschlag der Bestie waren nur noch die beiden unteren Zeilen übrig. ′Da haben wir ein Problem′ sagte Hassan ′das Tor ist offen, das Tier ist losgelassen und dringt gerade in unsere Welt ein. Schließen kann es nur der Typ da vorne steht auf dem Sockel. Und damit er das macht müssen wir ihn bei seinem Namen nennen.′ Wir gingen weiter. Als wir zu dem Tor kamen sahen wir den Torwächter. Er hatte ein Tuch um seine Schulter gehängt, griff dauernd hinein und streute etwas auf den Boden. Es sah aus, als ob er etwas ansääen würde. Die Körner, die zu Boden fielen wurzelten auch sehr schnell, bekamen ihr erstes Blatt und vertrockneten ebenso schnell wieder. Ein Sääman, der mühsam ein rundes Tor bewegt. Da war doch was. Ach ja. An einem Dachbalken in irgendeiner deutschen Kirche wurde ein magisches Quadrat gefunden, also so eines, das man vorwärts und rückwärts von jeder Seite lesen konnte.

S	A	T	O	R
A	R	E	P	O
T	E	N	E	T
O	P	E	R	A
R	O	T	A	S

Die Inschrift war wohl aus dem Mittelalter und keiner wusste was sie bedeudet. Ich glaubte es jetzt zu wissen. Das Wort Arepo machte immer die größten Schwierigkeiten. Der Rest war Latein und ganz leicht übersetzt. Der Säämann AREPO müht sich die Räder zu bedienen. ´Arepo schliess das Tor!´ rief ich. Der Säämann schaute uns an, legte sein Saattuch ab und kam auf uns zu. Er griff hinter seinen Rücken und zog ein Schwert. Wir erschraken und gingen instinktiv einen Schritt zurück. 'Keine Angst' sagte er 'Das hier werdet ihr brauchen können.' Er gab Hassan das Schwert. Das Tier steckte mittlerweile zur Hälfte in dem Durchgang. Fünf Köpfe schauten noch nach hinten und entdeckten uns. Einer der Köpfe spie Feuer und erwischte Hassan und mich. Daher kommen unsere Brandwunden. Hassan holte mit dem Schwert aus und schlug den Kopf ab. Der kopflose Hals schwang nach vorne und durch den Durchgang hindurch in die andere Welt. Plötzlich steckte das Tier fest. Irgendwie war die Öffnung kleiner geworden. Hassan handierte weiter mit dem Schwert und schlug noch drei Köpfe des sich wie in Rage gebärdenten Tieres ab. Arepo hatte begonnen das große Steinrad zu bewegen und damit den Durchgang zu schließen. Der in dieser Welt verbliebene Kopf brüllte auf und alle vier Hälse, die hier noch zu sehen waren zuckten vor dem Rad zurück in die Öffnung. Arepo schaffte es in einer letzten Kraftanstrengung das Rad ganz vor die Öffnung zu rollen. Kurz vor der Hüfte des Biestes schnitt sich das Rad durch dessen Körper. Die hintere Hälfte begann ziellos umherzuirren und verschwand schließlich in einer Höhle neben dem Rad. Arepo grinste uns zu und begab sich wieder an seine Arbeit. Wir machten uns auf den Rückweg. Unser Seil hing Gott sei Dank noch an seiner Stelle und wir mühten uns hinauf. Oben wartete Fella auf uns und wir schlenderten den Weg zurück zu ihrem Dorf, wo wir freundlich empfangen wurden. Wir wurden aufgefordert doch noch zum Freudenfest an diesem Abend zu bleiben, aber unsere

Verletzungen verlangten von uns doch schnellstmöglich in unsere Welt zurückzukehren. Na und den Rest kenne Sie ja." "Das klingt ja voll abenteuerlich" lies sich unsere Krankenschwester vernehmen. "Das sollten Sie als Buch herausbringen" "Geht nicht. Leider. Das fällt alles unter Geheimhaltung!" "Na dann machen Sie halt einen Fantasy Roman daraus. Das glaubt dann sowieso niemand. Aber jetzt sollten Sie schlafen! Es ist schon 3 Uhr in der Früh. Ich glaube kaum, dass ich die hohen Herren morgen noch davon abhalten kann sie zu befragen." "Das ganze noch mal erzählen?" fragte Hassan. Die Krankenschwester grinste ganz breit, griff hinter sich und angelte ein Diktiergerät vom Tisch, das uns noch gar nicht aufgefallen war. Sie holte die Kassette heraus und drückte sie mir in die Hand. Dann verliess sie den Raum.

„Und jetzt wird Frieden auf Erden sein? Zumindest für 1000 Jahre?" fragte der Papst den Expapst. „Na ja ... zumindest haben wir es jetzt nur noch mit der natürlichen Boshagftigkeit der Menschen zu tun. Die dürfte ohne den Einfluss Satans auch noch groß genug sein."

Zeitfracht Medien GmbH
Ferdinand-Jühlke-Straße 7
99095 Erfurt, Deutschland
produktsicherheit@kolibri360.de